うみのとしょかん

あらしがやってきた

葦原《あしはら》かも・作　森田《もりた》みちよ・絵

ここは、うみの　としょかんです。
うみの　そこは、たいてい
おだやかなのですが、
たまに、そうで　ない　日《ひ》も　あります。
「きょうは、あさが　きても、どんよりして
いるな。」
いつも、としょかんの　せわを　して　いる
ヒラメは、目《め》を　上《あ》げて　いいました。

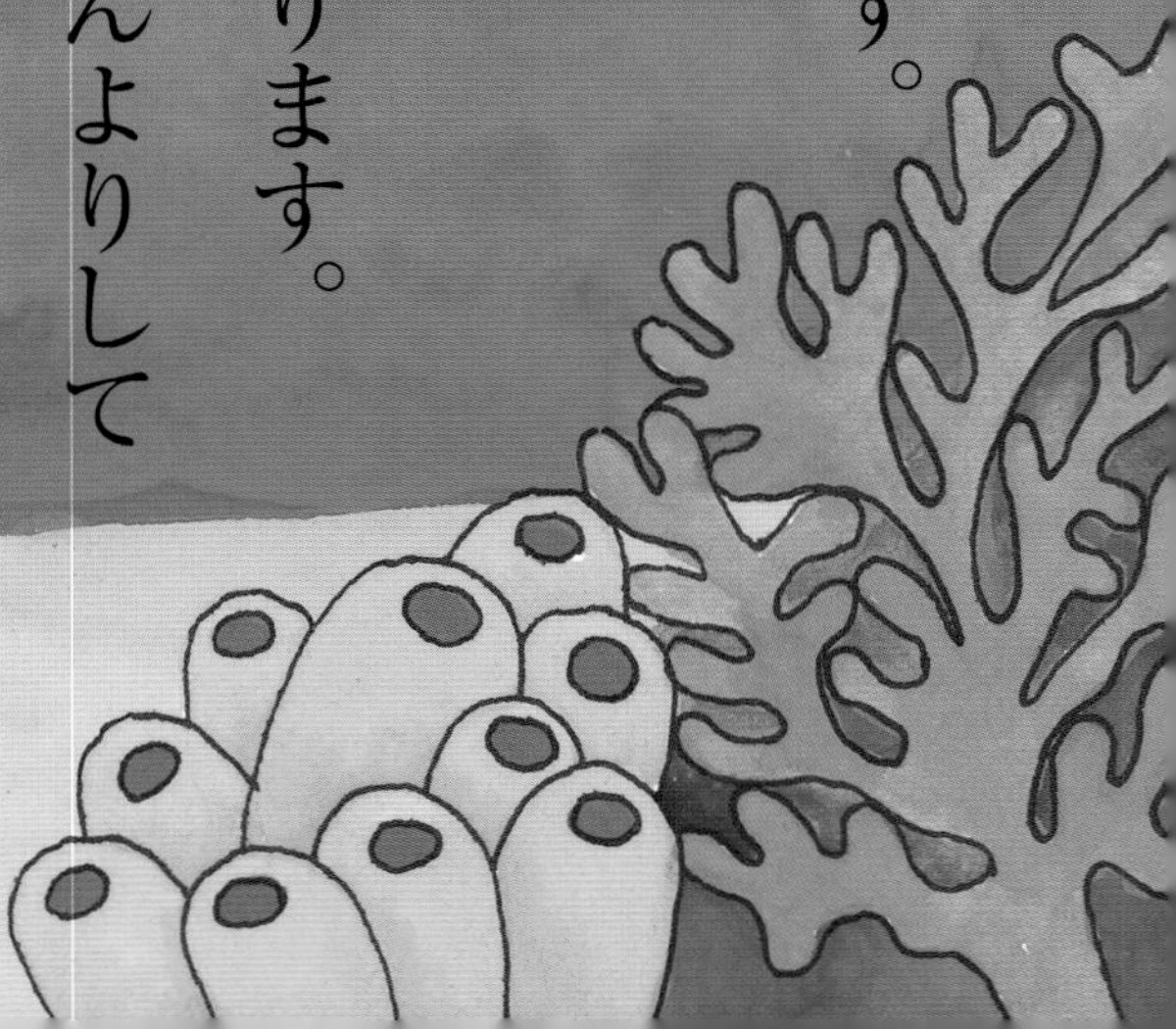

「なんだか、
水《みず》の　うねりも、
つよく　なって
きた　気《き》が　する。
きっと、大《おお》きな
あらしが　くるに
ちがいない。」
ヒラメは、えほんを
見《み》に　きた、小《ちい》さい

ヤドカリや　カニに、
こえを　かけました。
「あらしが　くるよ。
きょうは、かえった
ほうが　いいよ。」
「うん、わかった。」
「そう　する。」
みんな、かさこそと
いなく　なりました。

あらしが　やってきた

ヒラメは、あらしで　本《ほん》が
なくならないよう、大《おお》きな　いわの　かげに
せっせと　はこびました。
しだいに、うねりが　大《おお》きく　なりました。
「もう　すこしで　おわるけど……。おっと、
およぐのも　むずかしい。もう　だめだ。」

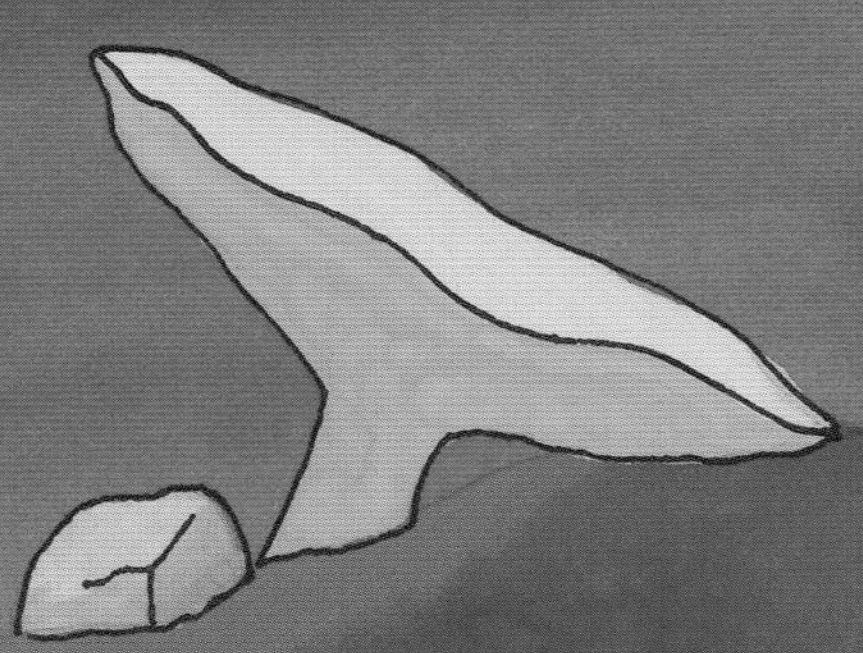

ヒラメは、水《みず》の　力《ちから》に　さからえなく　なり、
すなに　ふかく　もぐりこみました。

まるで　うずまきの　中《なか》に　いるように、
うみが　あれて　います。かいそうは、はげしく
おどって　いるようです。
まわりの　すなや　小石《こいし》が　まきあがり、
ヒラメは、じっと、あらしが
さるのを　まって　いました。

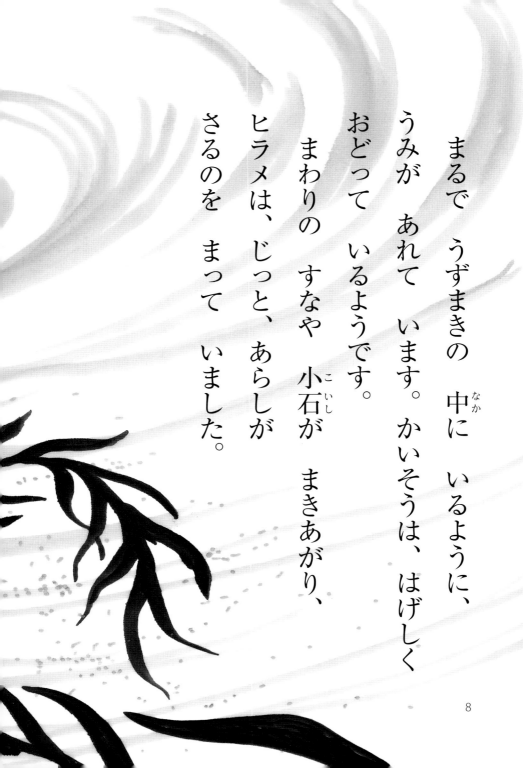

やがて、水《みず》の　うねりが　ゆるやかに　なって
きました。しだいに　あかるく　なり、
いつものように　おだやかな　うみが
もどって　きました。
「あらしが、さったな。」
ヒラメは、すなの　中《なか》から、ぶわっと
うかびあがりました。

うつくしかった かいそうの 林《はやし》は、 おれたり
ちぎれたり して いて、 あたりの ようすも、
だいぶ あれて いました。
ヒラメは、 本《ほん》が ぶじか どうか 気《き》に
なって、 大《おお》きな いわの ところに いって
みました。

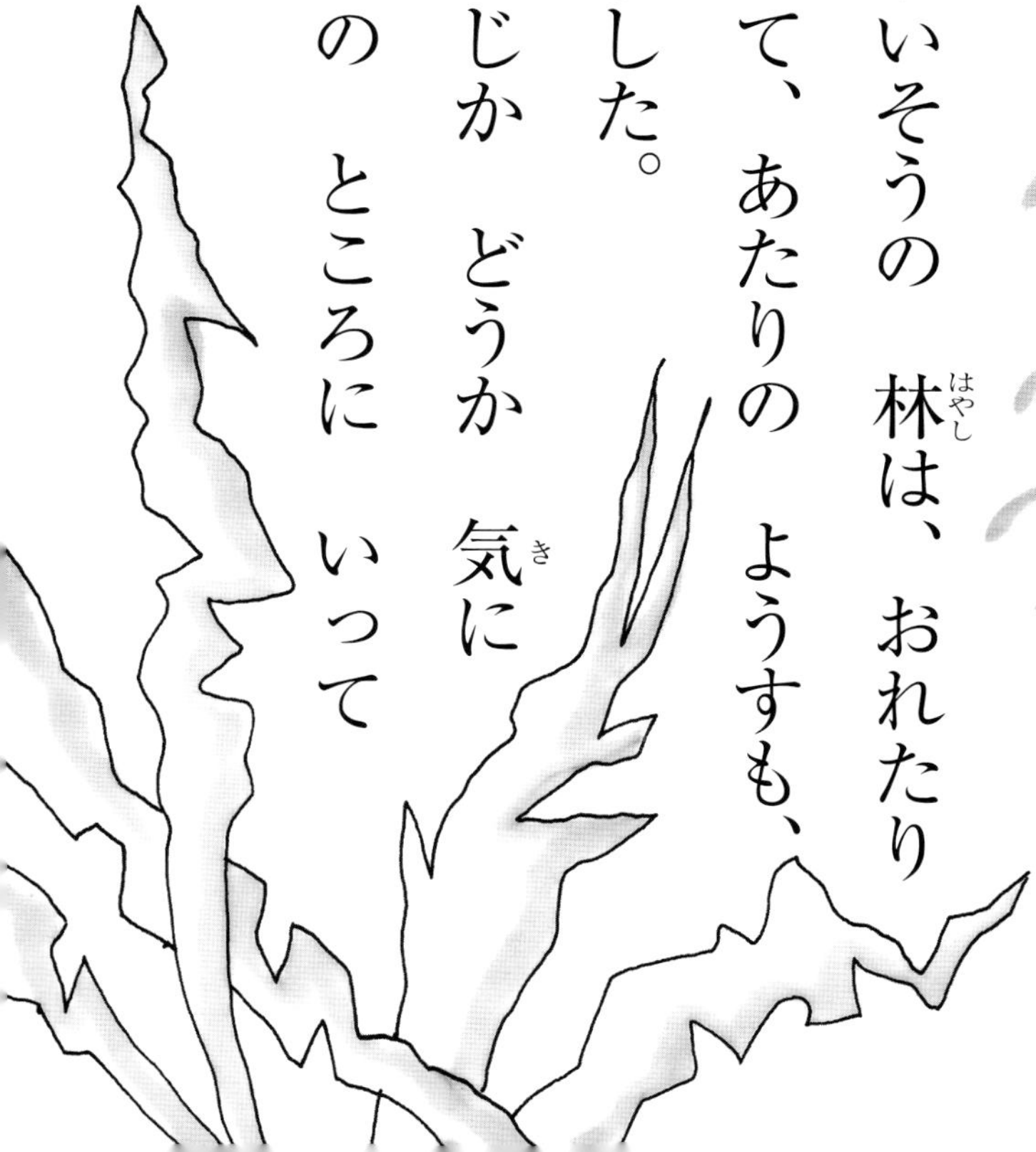

すると、そこには、アオザメや　ハタ、
スズキなど、大《おお》きな　さかなが、本《ほん》を
まもるように　かさなりあって　ねむって
いたのです。
「みなさん……
だいじょうぶですか？」
目《め》を　さました
さかなたちは、
のそりと

うごきだしました。
「ん、ああ、
ヒラメさん、あらしは
さったんだね。」
スズキが　いいました。
「ねむって　しまった。
本《ほん》は、ぶじかな。」
ハタは　まだ
ねむそうです。

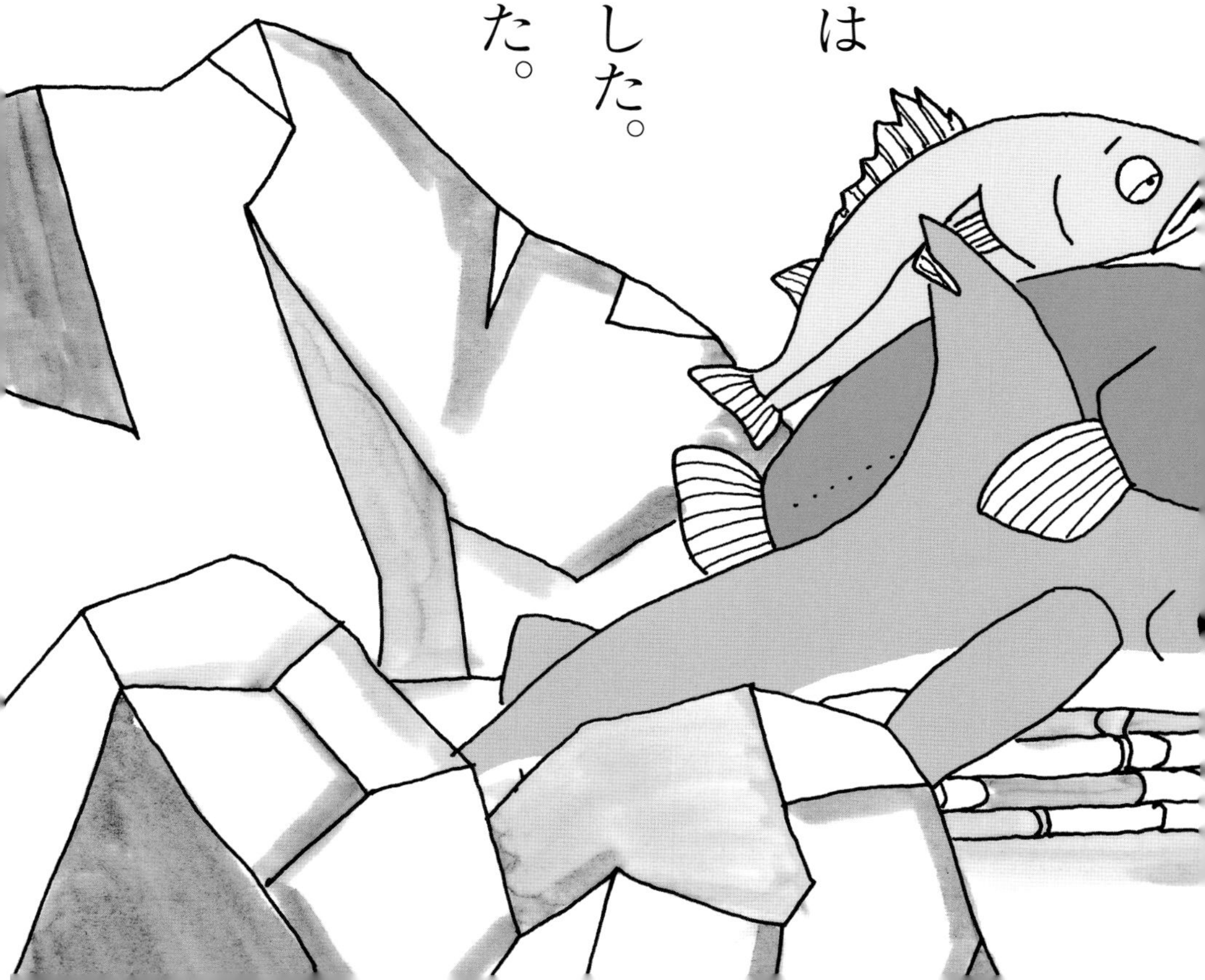

「本《ほん》を　まもって　くれたんですね。
ありがとう　ございました。」
ヒラメは　なきそうに　なりました。
「なあに、どうせ　じっとしてるなら、
本《ほん》の　そばに　いようと
おもっただけだよ。」
ハタが　いいました。
「本《ほん》が　なくなると、
こまるのは　おれだからな。」

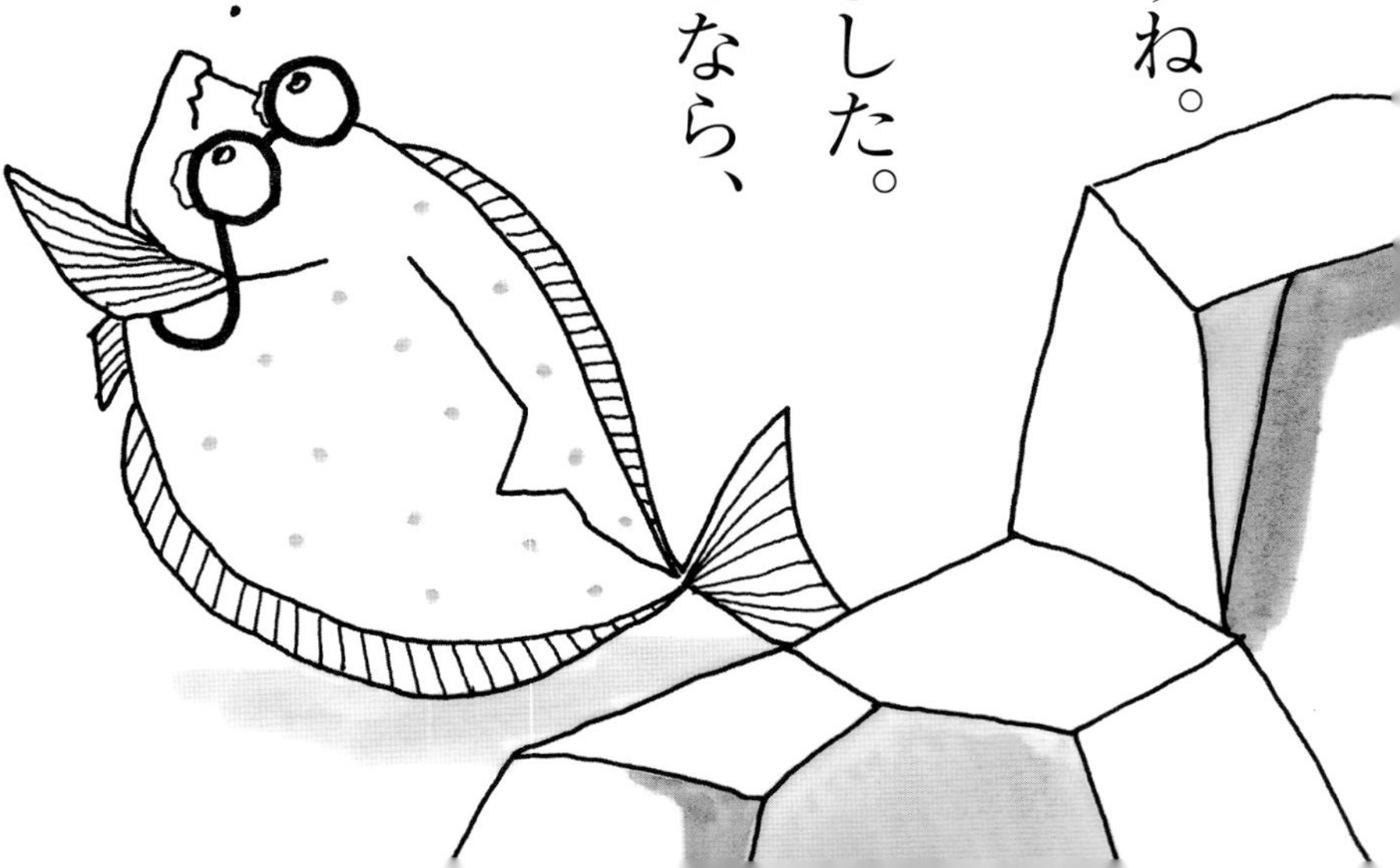

アオザメも
いいました。
さかなたちは、
ゆらりと
およいで
かえって
いきました。

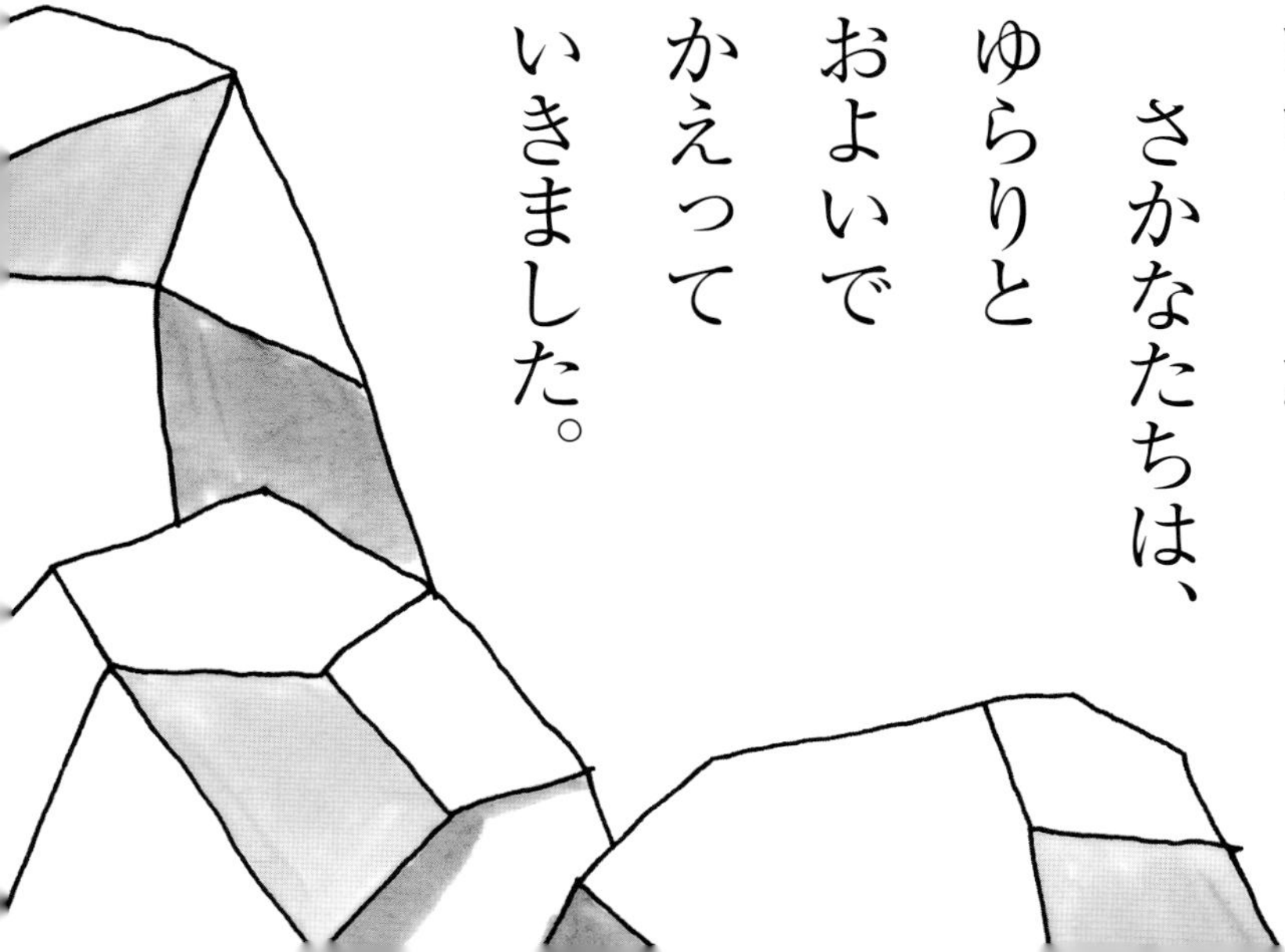

ヒラメは、 みんなが まもって くれた 本《ほん》を、
いとおしそうに ながめました。
そして すこしずつ、 もとの としょかんの
すがたに もどしはじめました。

やがて、 いつも きて いる さかなたちが
あつまって きて、 てつだって くれました。
「この本《ほん》、 ちょっと、 やぶれちゃった。」
小《ちい》さい イカが もちあげた 本《ほん》を、 すっと

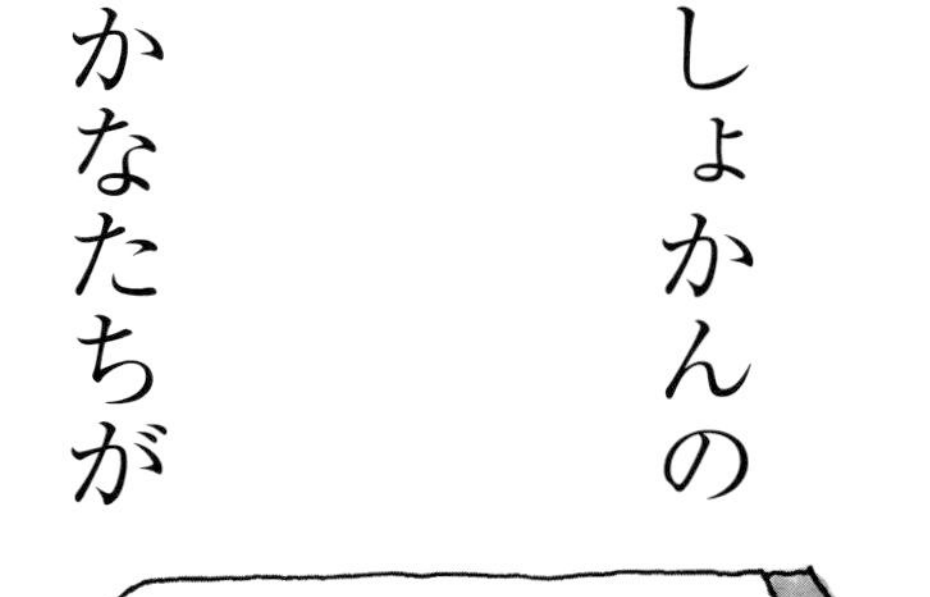

だれかが　もって　いきました。

「え、えっ。」

「えっ？」

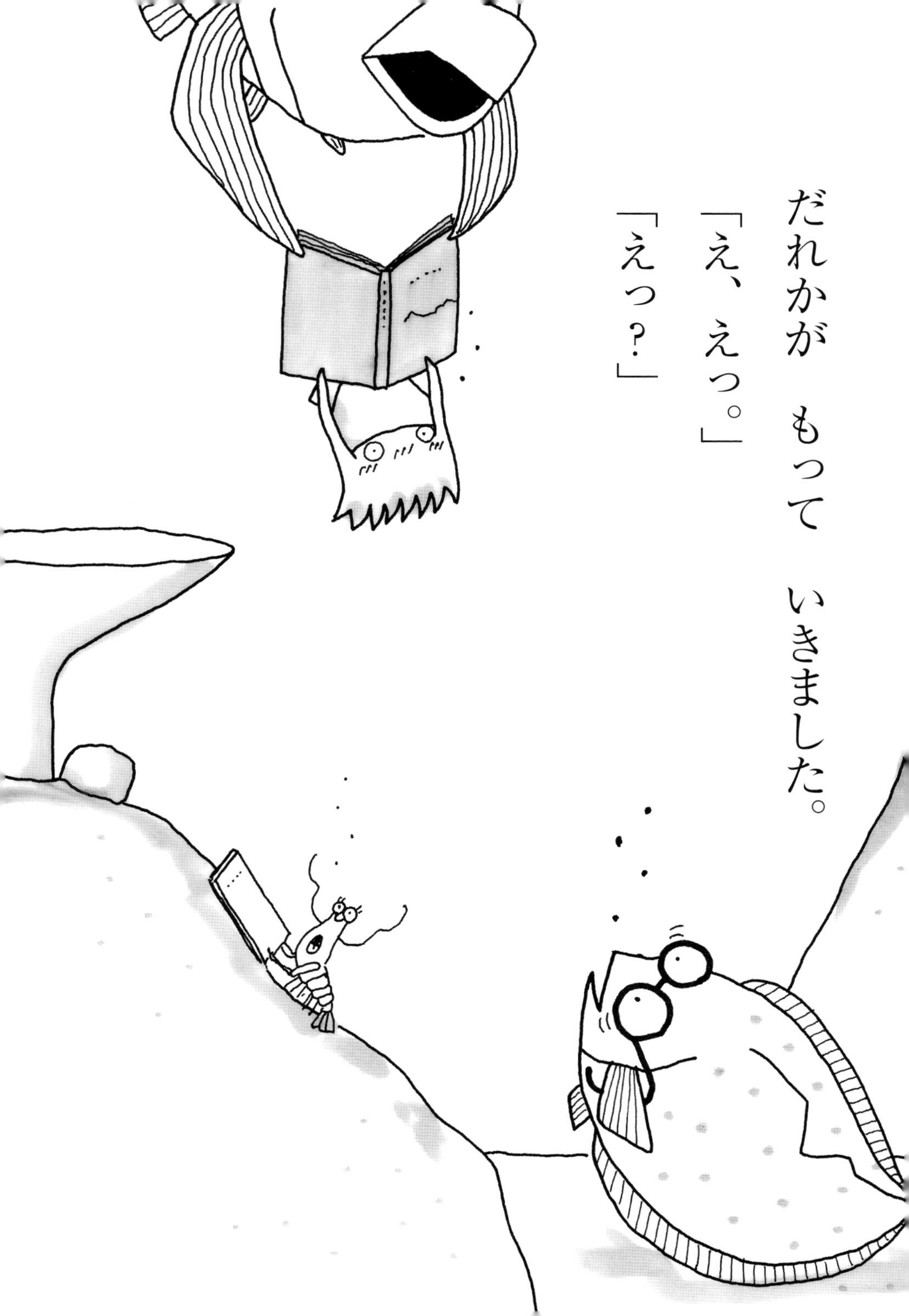

それは、本《ほん》の　しゅうりが　とくいな、
ブダイの　おばあさんでした。
ヒラメは、
びっくりしました。
いつもは、
しゅうりを　たのみに
いくと、いやそうに
して　いるからです。
「ブダイさん、きて

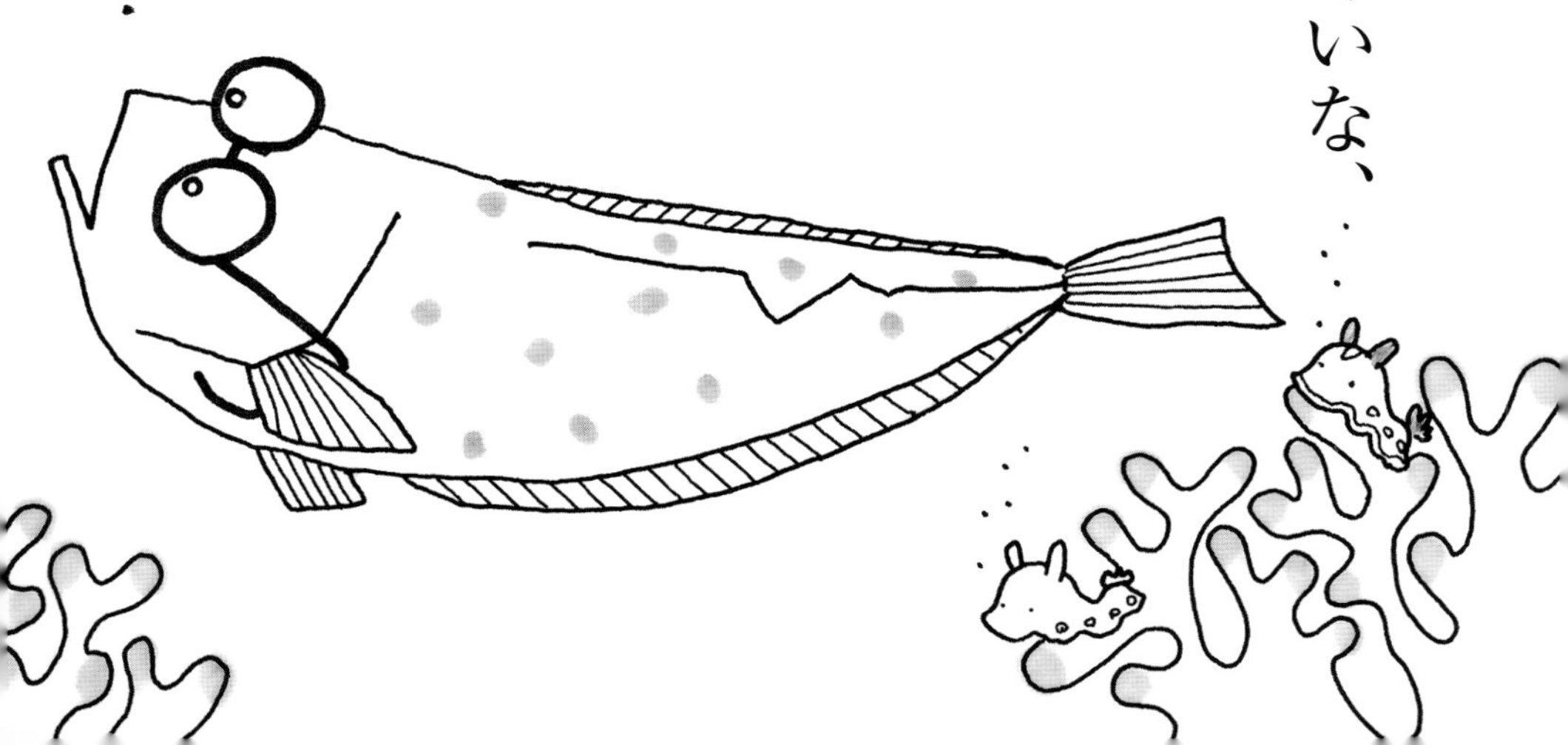

くださったんですね。」
「ふん。」
ブダイは
ふきげんそうに
いいました。
「どうせ　あたしが
なおすんだろ。
ねて　いる　ときに、もって
こられちゃ　めいわくだからね。」

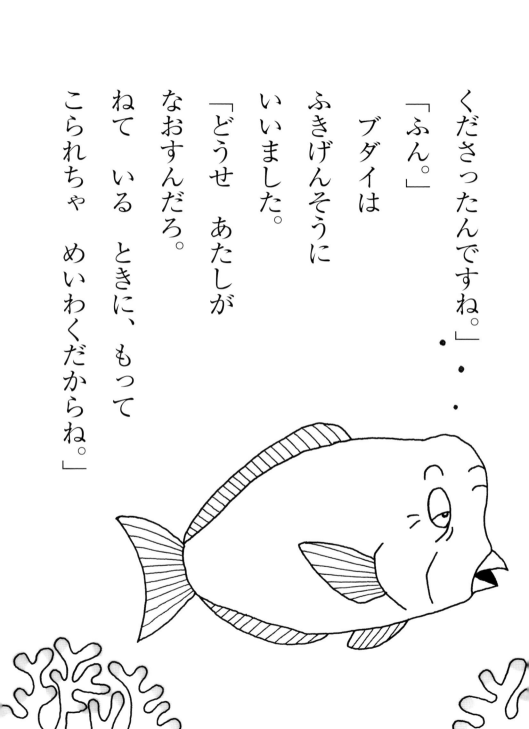

「ありがとう、ブダイさん。」
みんなが　かえった　あと、ヒラメは
そっと　つぶやきました。
「あらしも、いいこと　あるんだな。
なくなった　本《ほん》も　あるけれど、だれかが、
よんで　くれると　いいな。」

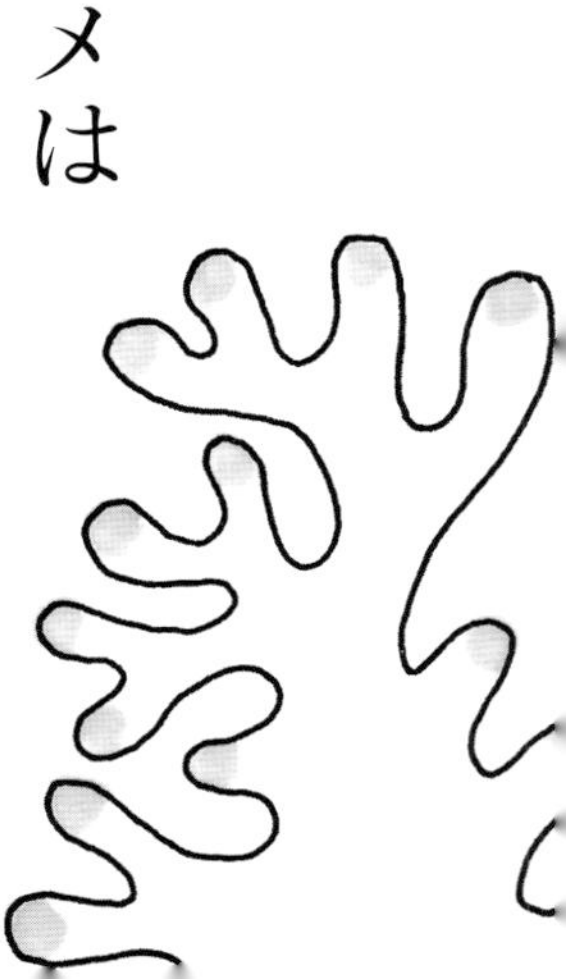

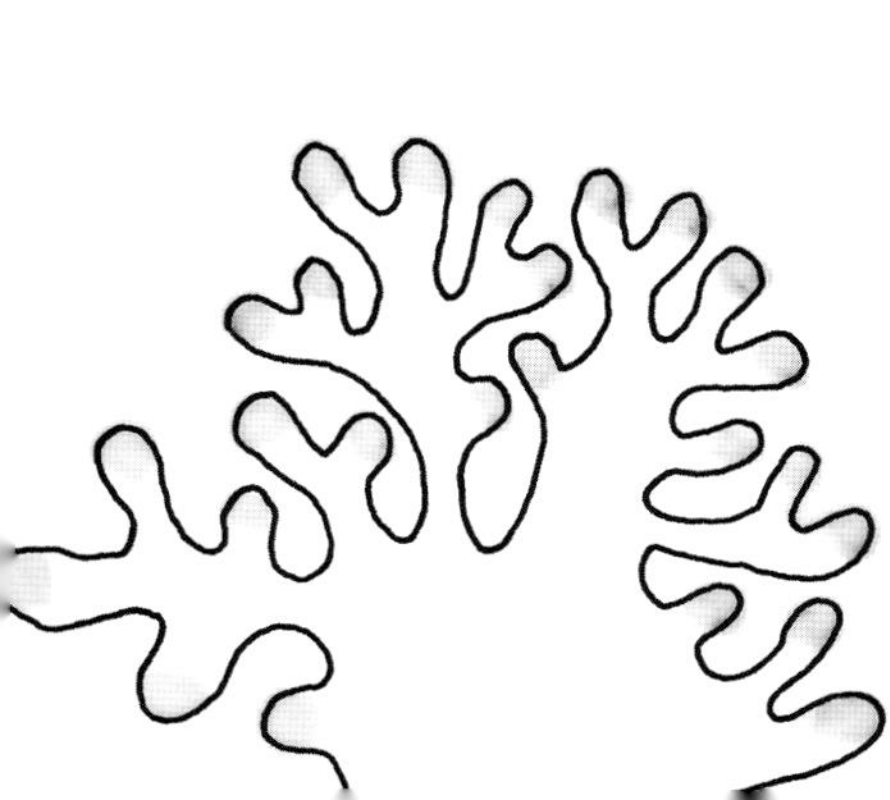

小《ちい》さい　イカ　さっかを　めざす

「あ、ヒラメさん、あたらしい　本《ほん》が
入《はい》ったのね。」
小《ちい》さい　イカが　いいました。
イカは、としょかんが　大《だい》すきで、
まいにちのように　きて　います。
「さすが　イカちゃん、あたらしい　本《ほん》が

すぐ　わかるんだね。」
ヒラメは、
本《ほん》を　イカに
わたしました。
「ヒラメさん……あのね。」
イカは、本《ほん》を
かかえた　まま、
もじもじして　います。
「どう　したの、イカちゃん？」

「本《ほん》を。」

「本《ほん》を？」

「いつか。」

「うん。」

「かきたいの。」

そう　いうと　イカは、　はずかしそうに、
くるくる　まわって　しまいました。

「そうか、イカちゃんは、　さっかに
なりたいんだね。」

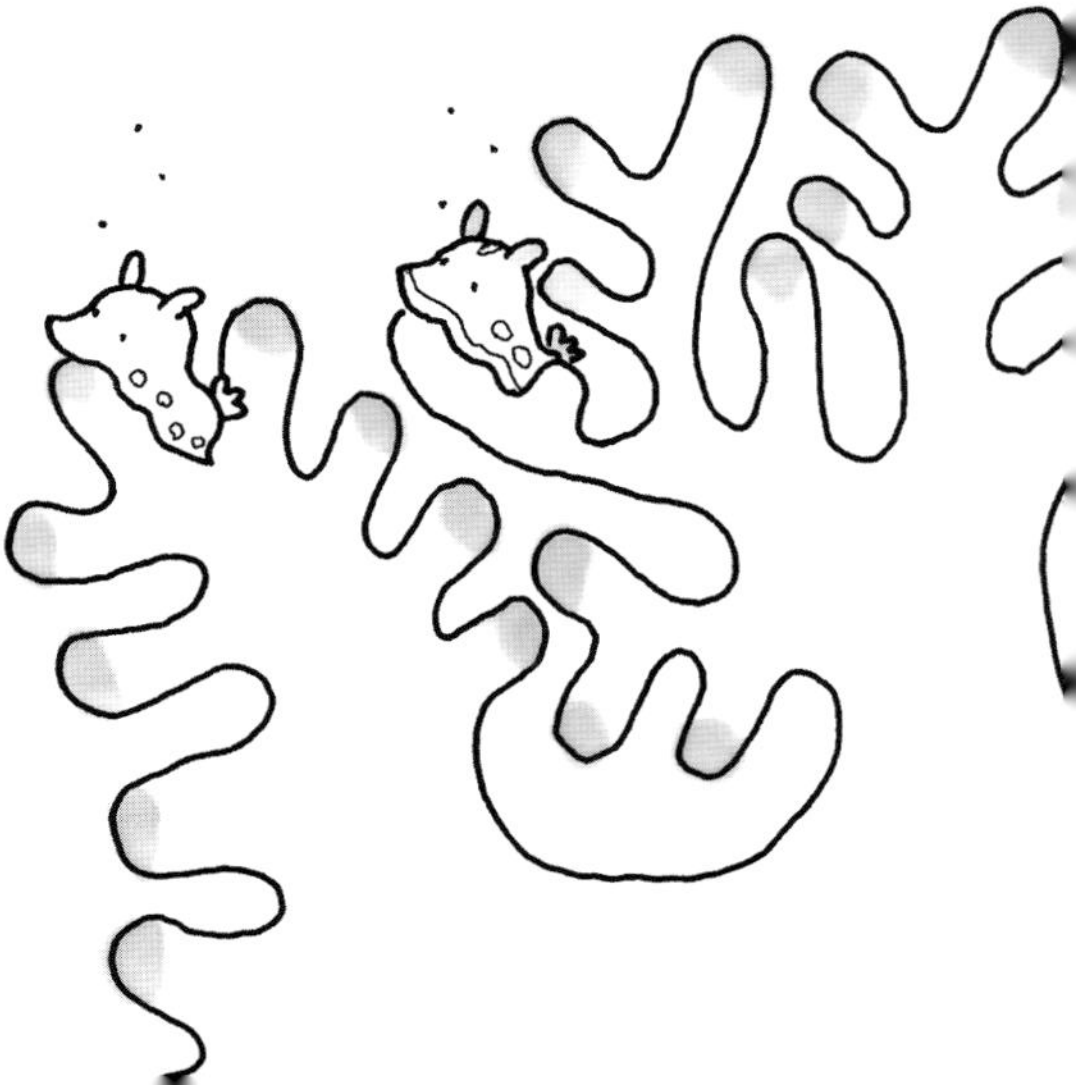

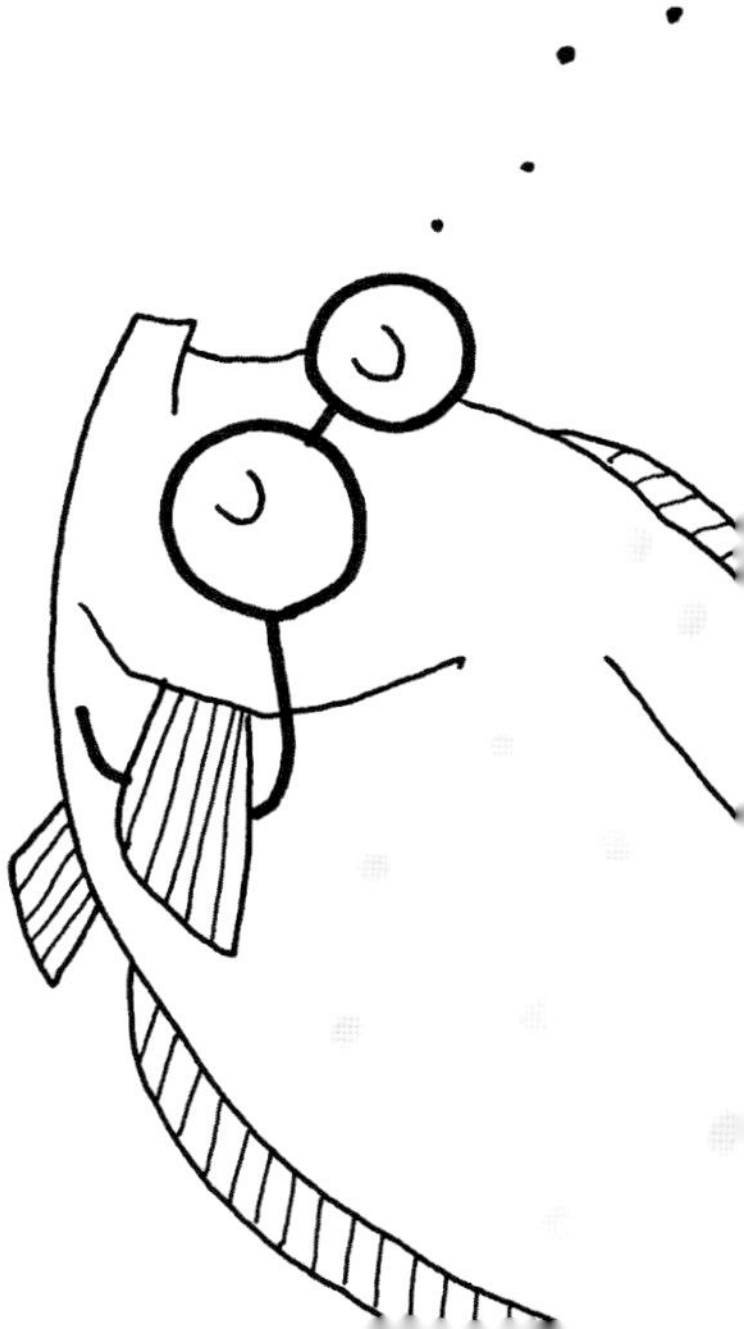

ヒラメは、にっこりしました。
「イカちゃんなら、たくさん　本《ほん》を　よんで
いるし、おもしろい　ものが　かけるんじゃ
ないかな。」
小《ちい》さい　イカは、
うれしそうに
いいました。
「ヒラメさん、
かいたら　よんで

くれる？」
「もちろんだよ。」
「ありがとう。
じゃあ、
また　こんどね。」
イカは、本《ほん》を
ヒラメに　かえし、
およいで　いって
しまいました。

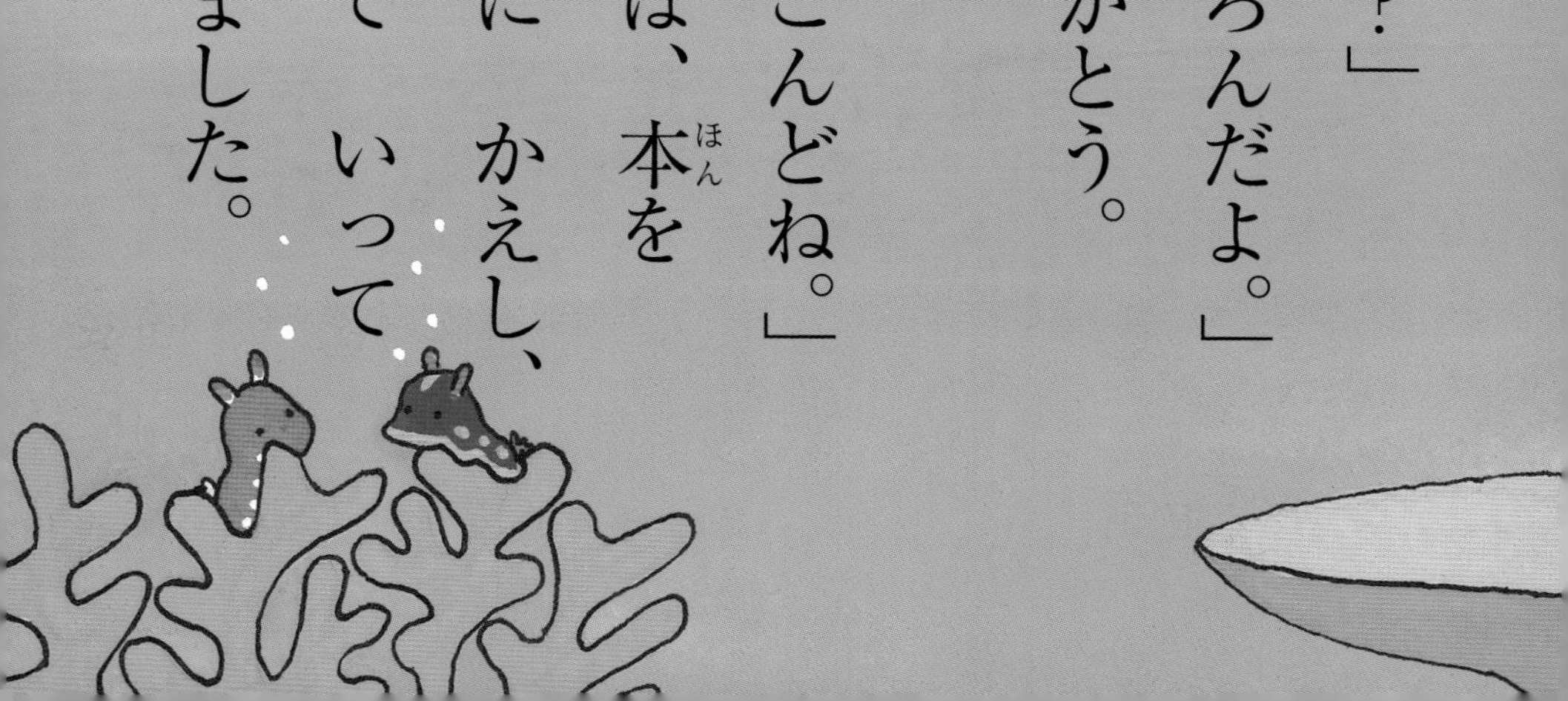

「イカちゃん、
きょうも　こないな。」
つぎの　日《ひ》から、小《ちい》さい　イカは
としょかんに　こなく
なって　しまいました。
アオザメが　やって　きました。
「なあ、あの　ちっぽけな
イカ、どう　した？」
そう、イカは　よく、

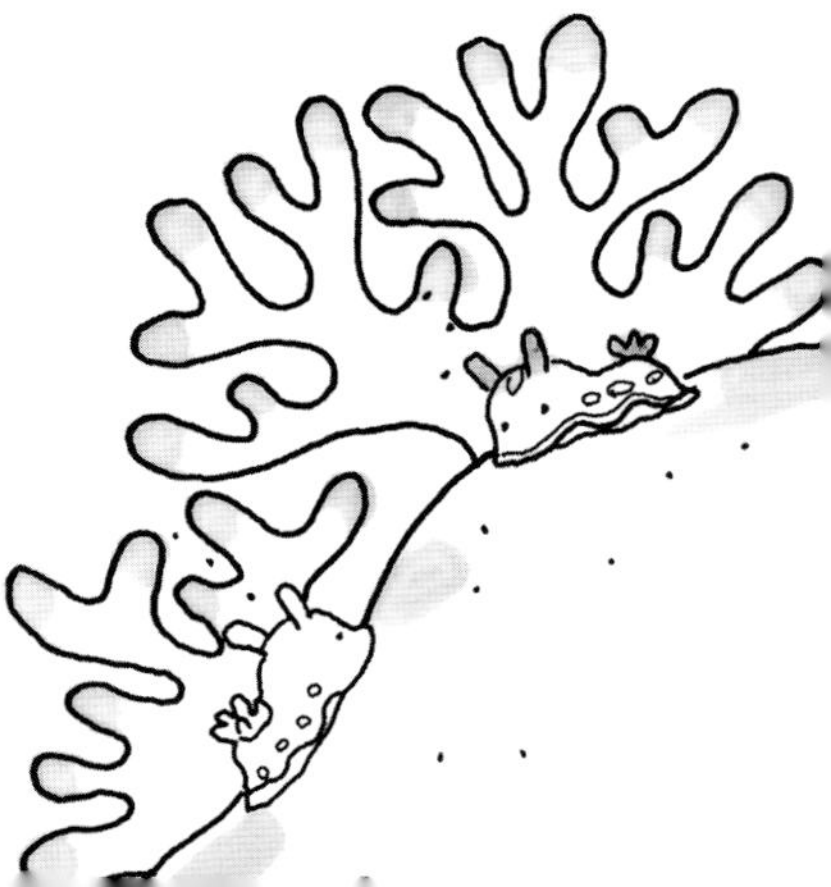

アオザメに
よりかかって　本《ほん》を
よんで　いるのです。
「なんだか
いそがしいみたいですよ。」
「そうか、べつに
いいけどな。なんとなく、
ものたりない
気《き》が　するぜ。」

十日《とおか》ほど　たった　あさの　ことです。
ヒラメが　本《ほん》を　かたづけて　いると、
小《ちい》さい　イカが　あらわれました。
「やあ、イカちゃん、おはなしは
かけたかい？」
イカは　小《ちい》さな　ためいきを　つきました。
「手足《てあし》が　十本《じっぽん》も　あるって、
たいへんなの。」
「え、どういう　こと？」

「この　手《て》で　ペンを　もったら、ぼうけんの
はなしを　かきたく　なったの。こっちの　手《て》で
もったら、こわい　はなしを　かきたく
なったの。たべものの　はなし、スポーツの
はなし……。ペンを　もつ　手《て》や　足《あし》に　よって、
かきたい　ものが　ちがうの。」
ヒラメは　おどろきました。
「そんな　ことって　あるの？」
「だから、まず　だいめいを　かんがえて

みたの。」

イカの　大《だい》ぼうけん
こいする　イカちゃん
イカちゃん　おりょうりレシピ
きょうふの　イカやしき
イカちゃん　たべあるき
イカちゃん　クイズ
イカの　てつがく　にゅうもん
ファッションリーダーは　イカちゃん
イカの　なやみそうだん
イカの　およぎかたレッスン

「ぜんぶ、イカが　出《で》て　くるんだね。」
イカは、まんぞくそうに　うなずきました。
「だって、としょかんに　イカの　本《ほん》が
たくさん　あったら、すてきでしょ。」
「うん、まあね……それで、どれから
かきはじめるの？」
「うーん、ぼうけんの　本《ほん》を　かく　ためには、
ぼうけんしなくちゃ　だめだと　おもうの。」
「おや。」

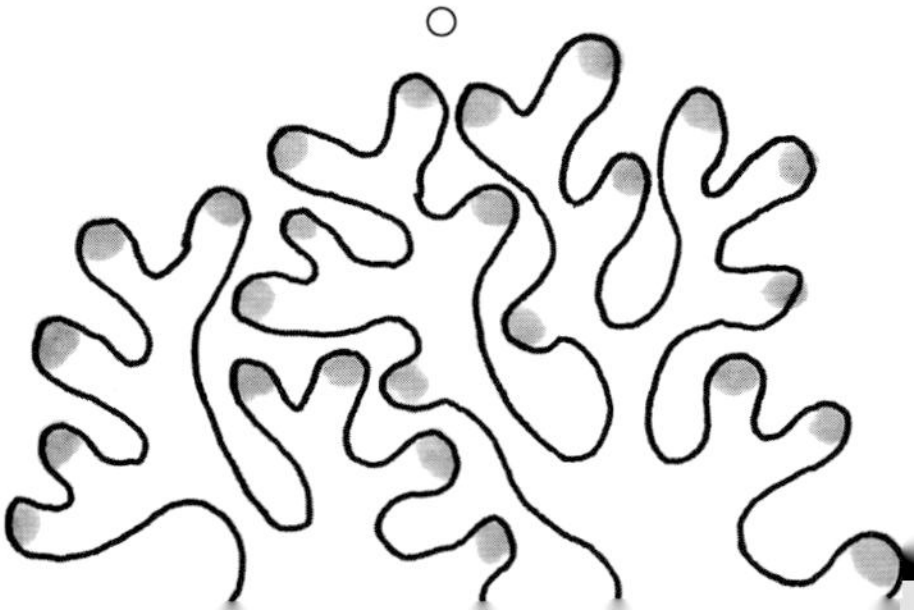

「こいを　したり、おりょうりしたり……やる
ことが　いっぱい　ありすぎて。」
「ほう。」
イカは、なぜだか　くるくる
まわりはじめました。

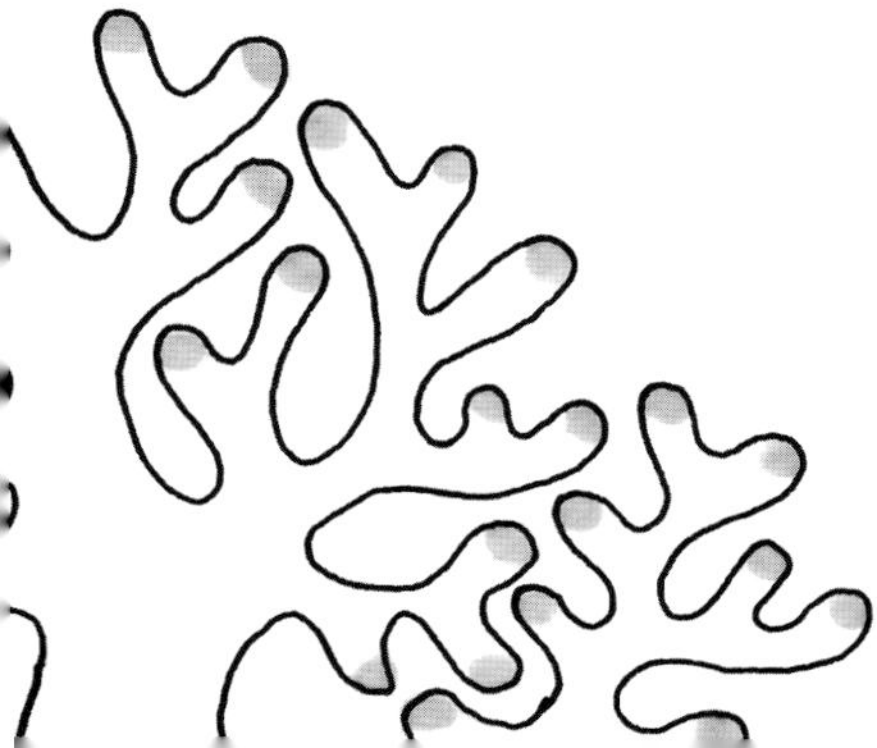

そして、ちょっと　赤《あか》く　なって、いいました。

「まず、本《ほん》を　よみたく　なっちゃったの。」

「おやおや。」

ヒラメは、ふきだしそうに　なりました。

「イカちゃん、あわてない　ほうが　いいよ。

いつか、きっと　かけるよ、イカちゃんが、
いちばん　かきたい　おはなしが。」

「ほんと？」

「うん、その　ときまで、まってるよ。」

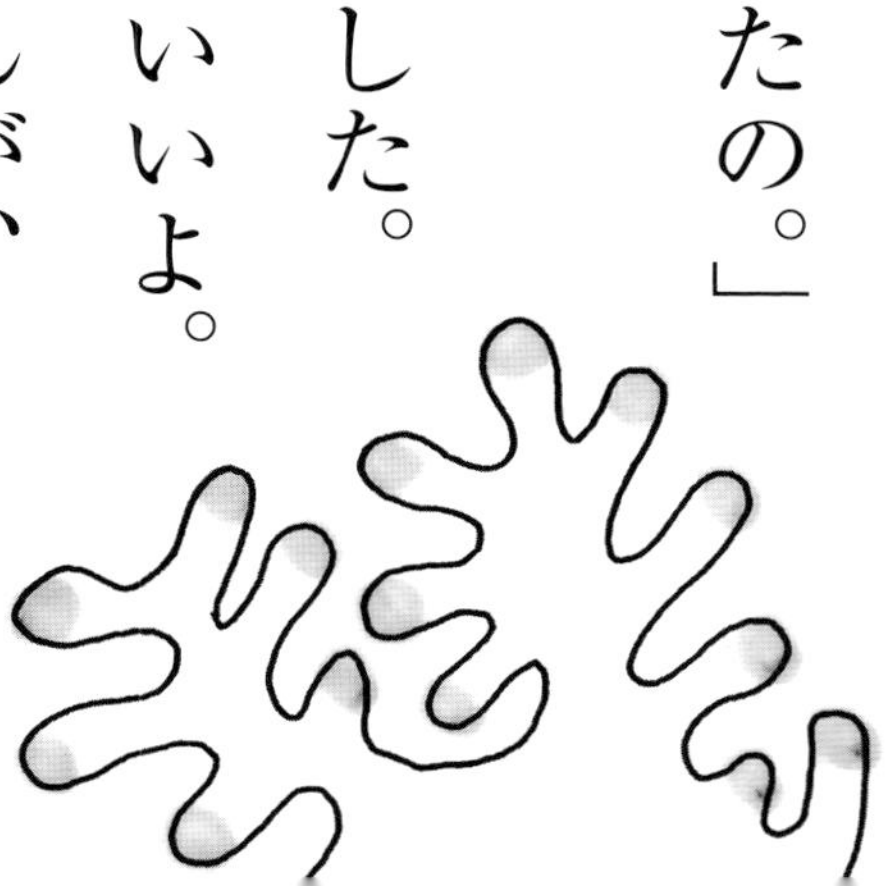

イカは、ほっとした　ようすでした。

「お、ちっぽけな　イカじゃ　ねえか。」

アオザメが　やって　きました。

「これ、おもしろかったぜ。」

「あ、これ、よみたかったの。」

イカは　さっと　本《ほん》を　手《て》に　とると、
アオザメに　よりかかりました。

「おい、まて、こら、おれは　まだ　本《ほん》を
さがしてないぞ。」

「きゃあ、うごいちゃ　だめだったら。」

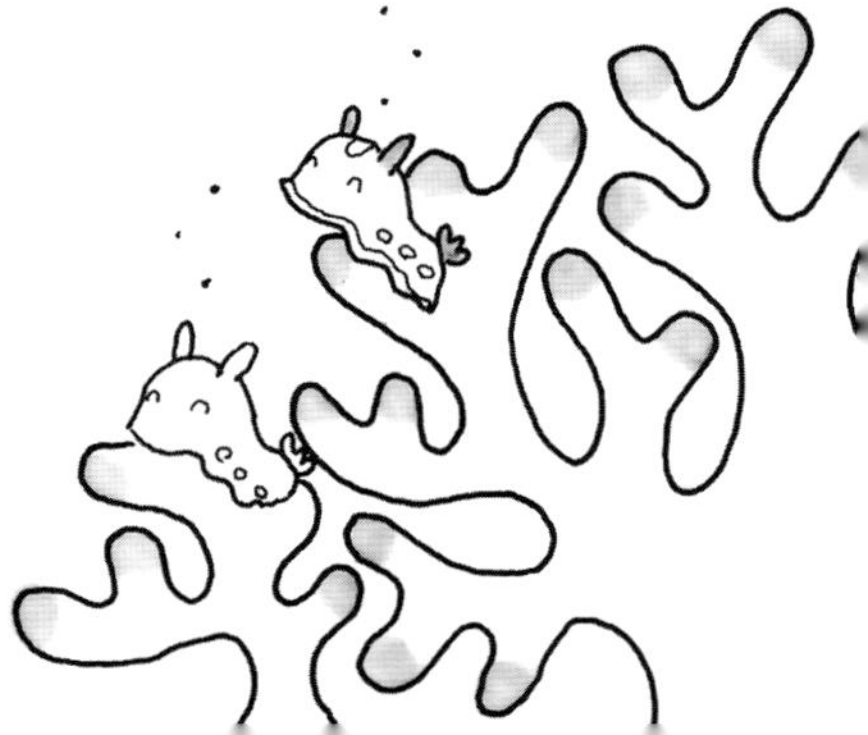

「おいおい……。」
ヒラメは
わらって、
「アオザメさん、
よろしく。」
と　いいました。

オコゼの　空《そら》

「オコゼさん、こんにちは。なにか、
おさがしですか。」
ヒラメが、こえを　かけました。
たいてい、れきしの　本《ほん》を　よんで　いる
オコゼの　おじいさんが、きょうは　なぜだか
うろうろして　います。

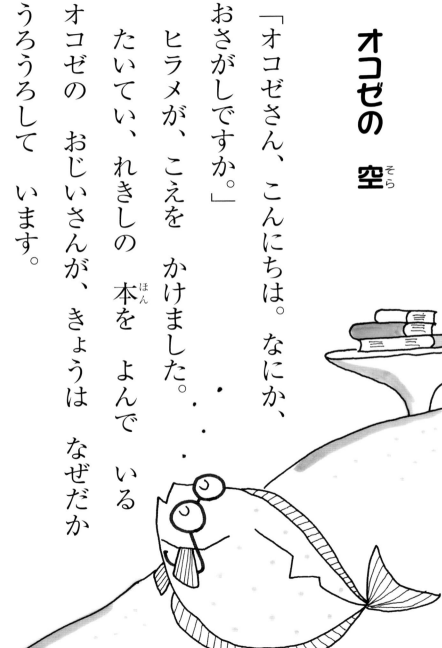

「いや、べつに……いいんじゃが。このあいだの
あらしで　本《ほん》は　ぶじだったかね？」

・・・・

「いやあ、じつは　なんさつか
なくなっちゃったんですよ。」
「ほう、どんな　本《ほん》かね。」
オコゼは、きょうみを　しめしました。
「ぜんぶは、おもいだせなくて。なくなった
本《ほん》を　おもいだすのは、いがいに　むずかしい
ものなんですよ。」
オコゼは、ちょっと　かんがえて　いいました。
「れきしの　本《ほん》は、そろって　おった。

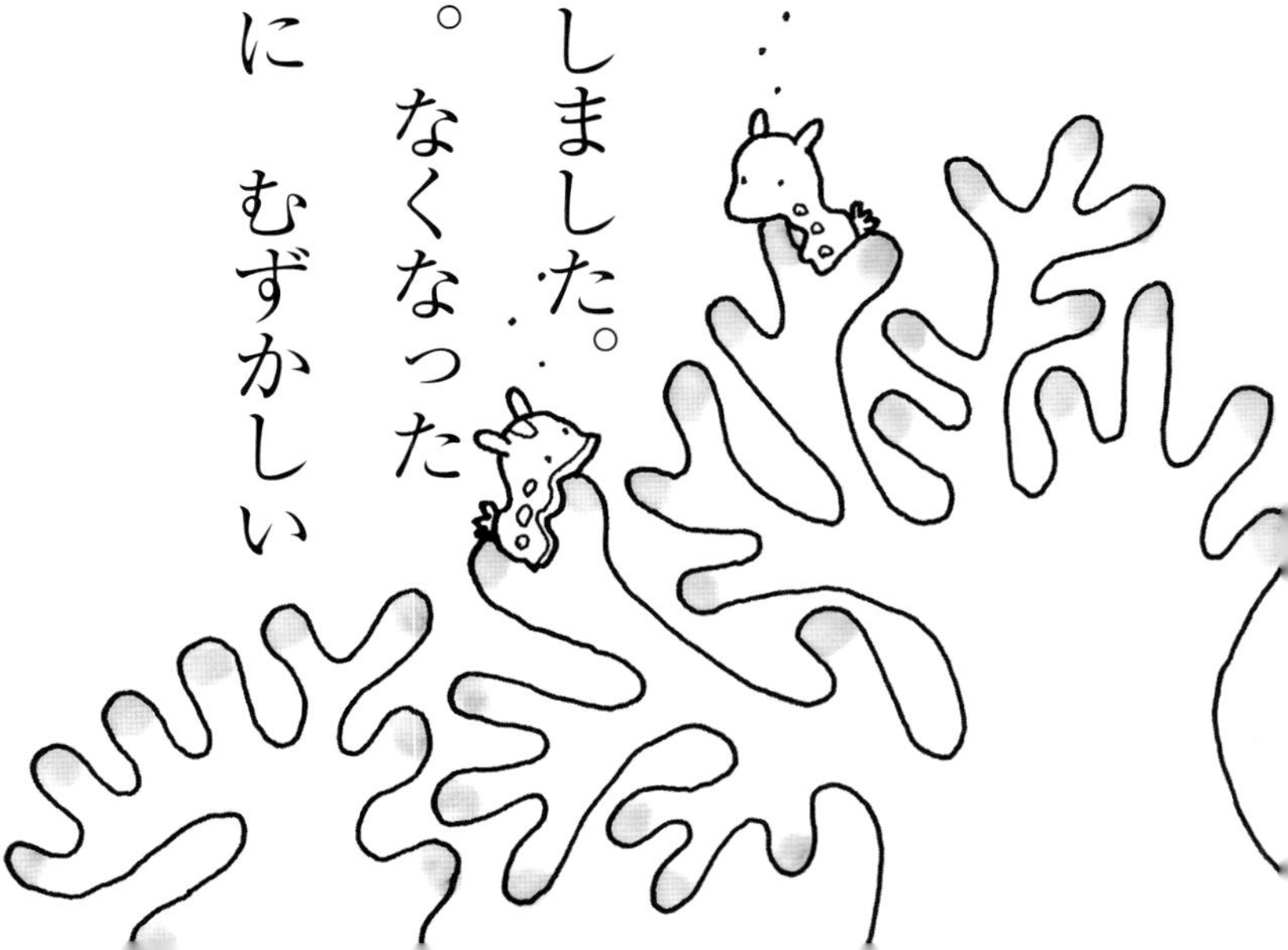

りょこうの　本《ほん》も、ちゃんと　ある。あ、そう
いえば……空《そら》の、なんとか　いう　本《ほん》は
どこへ　いったかのう。」

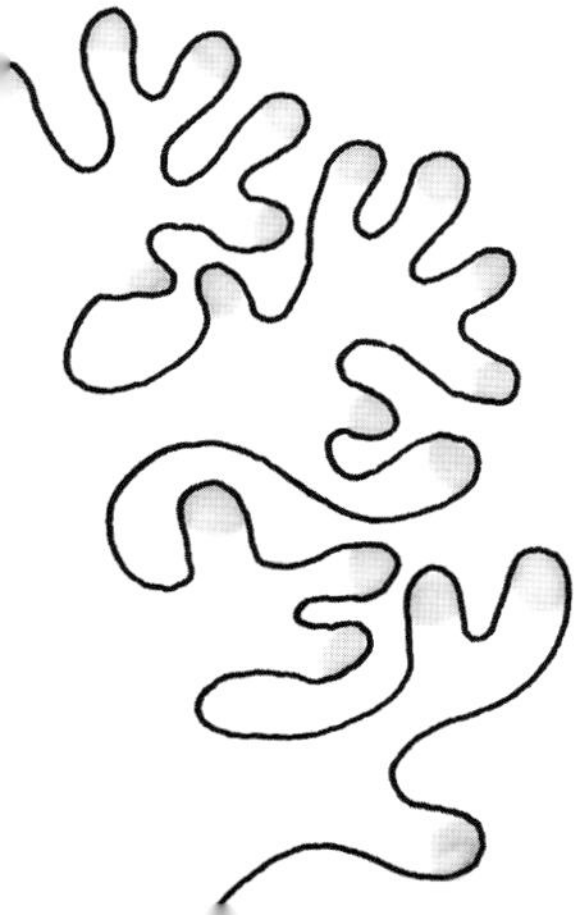

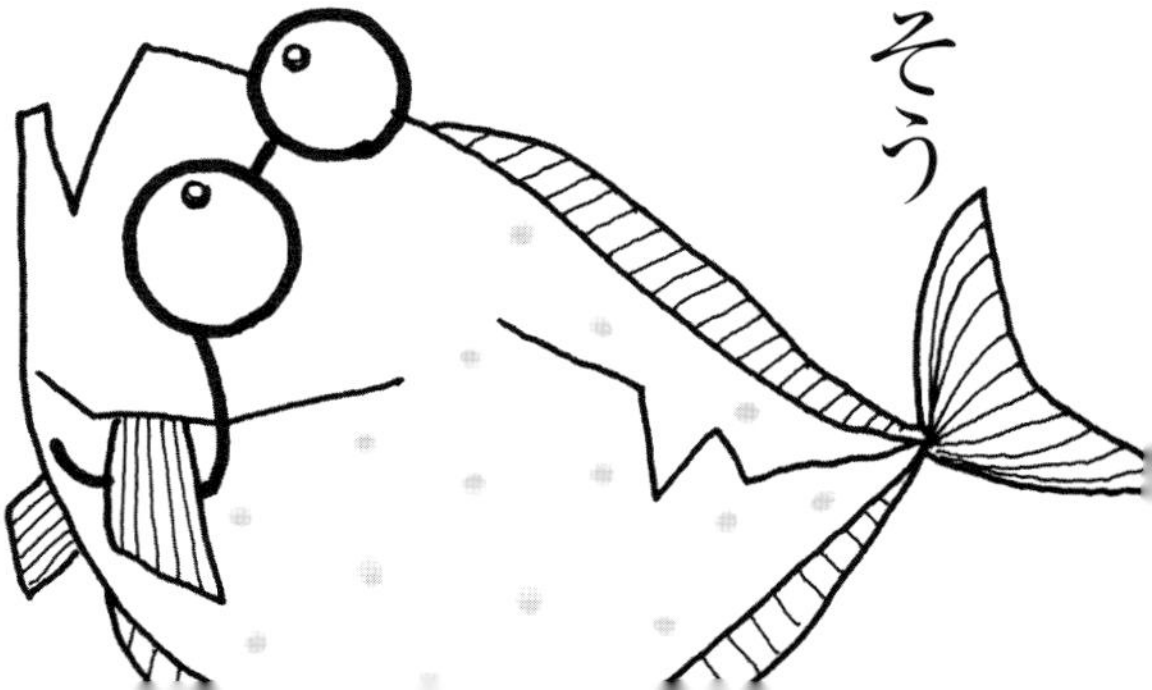

ヒラメの　かおが、ぱっと　かがやきました。
「『空《そら》の　ひみつ』と　いう　本《ほん》ですね。それを、
おさがしだったんですね。」
「いや、その、いや……。」
オコゼは、はずかしそうに　いいました。
「ヒラメさんには　かなわんのう。じつは……
わしは　わかい　ころ、空《そら》と　いう　ものに
あこがれて　おった。よく、すいめんで
ひるねを　して　いる　マンボウや、外《そと》に

かおを　出《だ》して　およぐ　ウミガメから、空《そら》が
きれいだと　いう　はなしを　きいて、
いちどで　いいから、見《み》て　みたいと　おもった。

そして　ある　とき、すいめんに　むかって、
いっきに　およいで　みたんじゃ。だけど
わしの　からだは、うみの　そこで
くらすように　できて　いて、上《うえ》に
のぼった　とたん、気《き》を　うしなって
しまったんじゃ。」

「そんな　ことが　あったんですか。」
オコゼは、わらって　いいました。
「それっきり、そんな　ゆめも
わすれて　しまった。
だが、としょかんで　ゆめを　見《み》つける
わかものを　見《み》て　おる　うち、空《そら》への
あこがれを、おもいだしたと　いう　わけだ。」

「それで、空《そら》の　本《ほん》を　さがして　いたのですね。」

ヒラメは、こまって　しまいました。

空《そら》の　本《ほん》は、ほかに　ないのです。

「いや、ただの　きまぐれじゃ。

気《き》に　せんで　おくれ。」

オコゼは、いって　しまいました。

「なんとか　しよう。」

ヒラメは、かんがえました。

見《み》あげると、青《あお》い　水《みず》の　むこうに

お日《ひ》さまが　かがやいて　いて、
水《みず》が　ゆれると　ひかりも
ちりちりと　ゆれて、
とても　しあわせな
気《き》もちに　なります。
その　上《うえ》に、どんな　空《そら》が
ひろがって　いるのか、
ヒラメも　ときどき
そうぞうする　ことが　あります。

そこへ、ウミガメが　とおりかかりました。

「おーい、ウミガメくん。」

「ヒラメくん、こんにちは。」

ウミガメは、しゃっと　おりて　きました。

「ウミガメくんに、たのみが　あるんだ。」

「なにかな？　てがみの　はいたつ？」

「いや、ちがう。　たのみと　いうのはね……。」

ヒラメは、ごにょごにょと　つたえました。

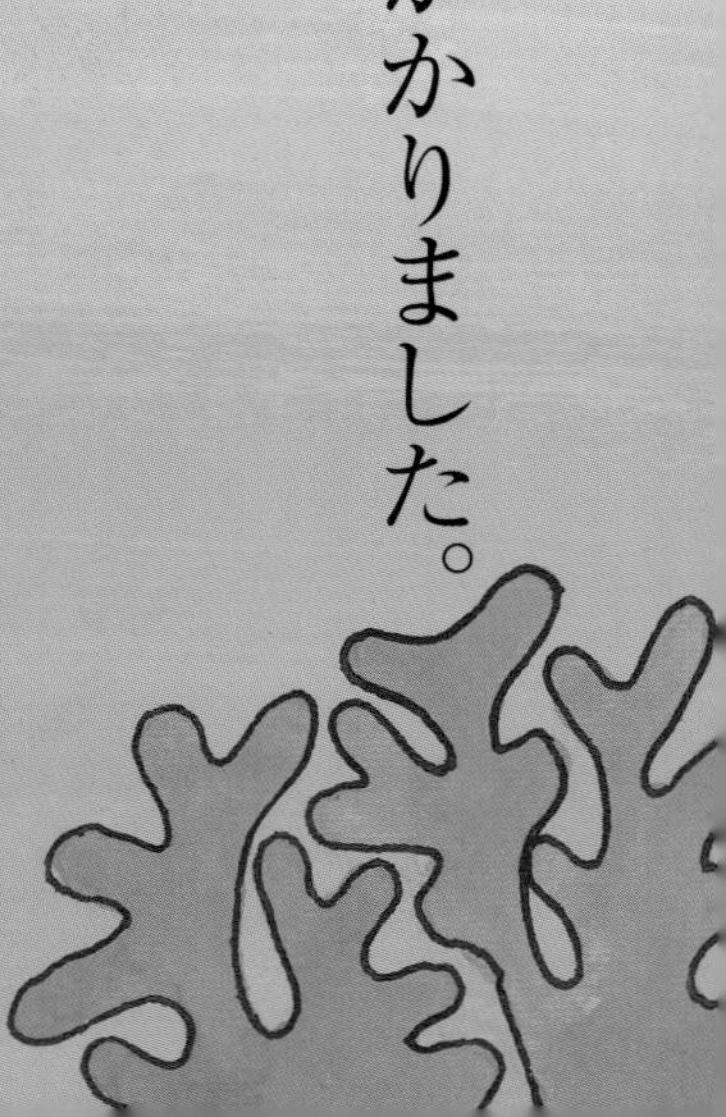

「よっしゃ、まかせて！」

ウミガメは、さわやかに　いうと、すごい

スピードで　およいで　いきました。

しばらく　たって、オコゼが　としょかんに
やって　くると、ヒラメは　うれしそうに
ちかづいて　いきました。
「オコゼさん、空《そら》の　本《ほん》が　入《はい》りました！」

オコゼは、そっと　ページを　めくりました。
青《あお》い　空《そら》に、ふわふわした　白《しろ》い　くもが
うかんで　いる　え、はいいろの　くもの
あいだから　お日《ひ》さまの　ひかりが　さして
いる　え、まっかな　夕《ゆう》やけの　え……そして、
空《そら》の　しが、いくつも　のって　いるのです。

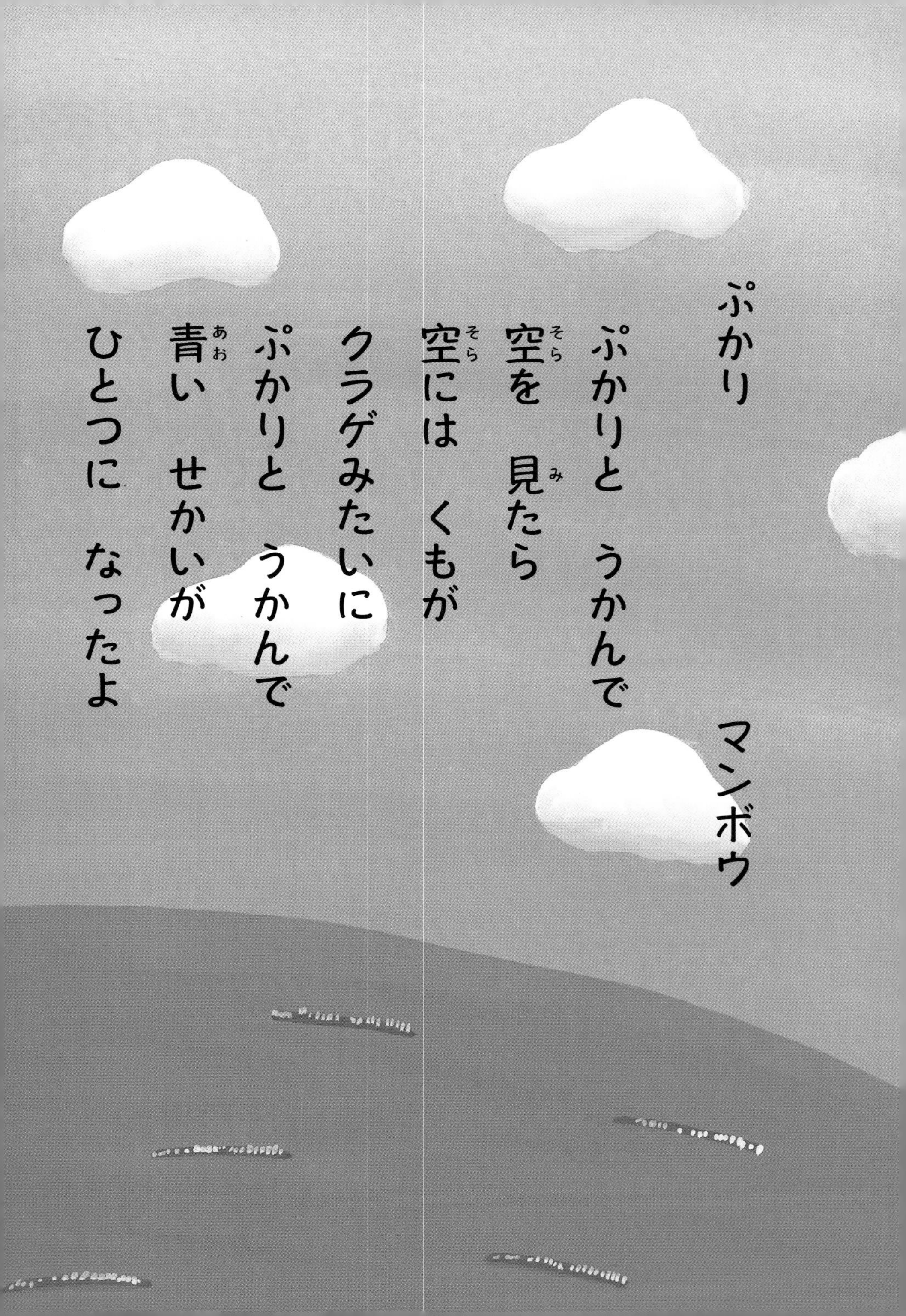

ぷかり

マンボウ

ぷかりと　うかんで
空《そら》を　見《み》たら
空《そら》には　くもが
クラゲみたいに
ぷかりと　うかんで
青《あお》い　せかいが
ひとつに　なったよ

オコゼは、ながい
じかんを　かけて、
本《ほん》を　見《み》て　いました。
そして、ぱたりと
とじると、ヒラメに
いいました。
「ありがとう……いったい、
どう　やって　この
本《ほん》を　つくったのかね。」

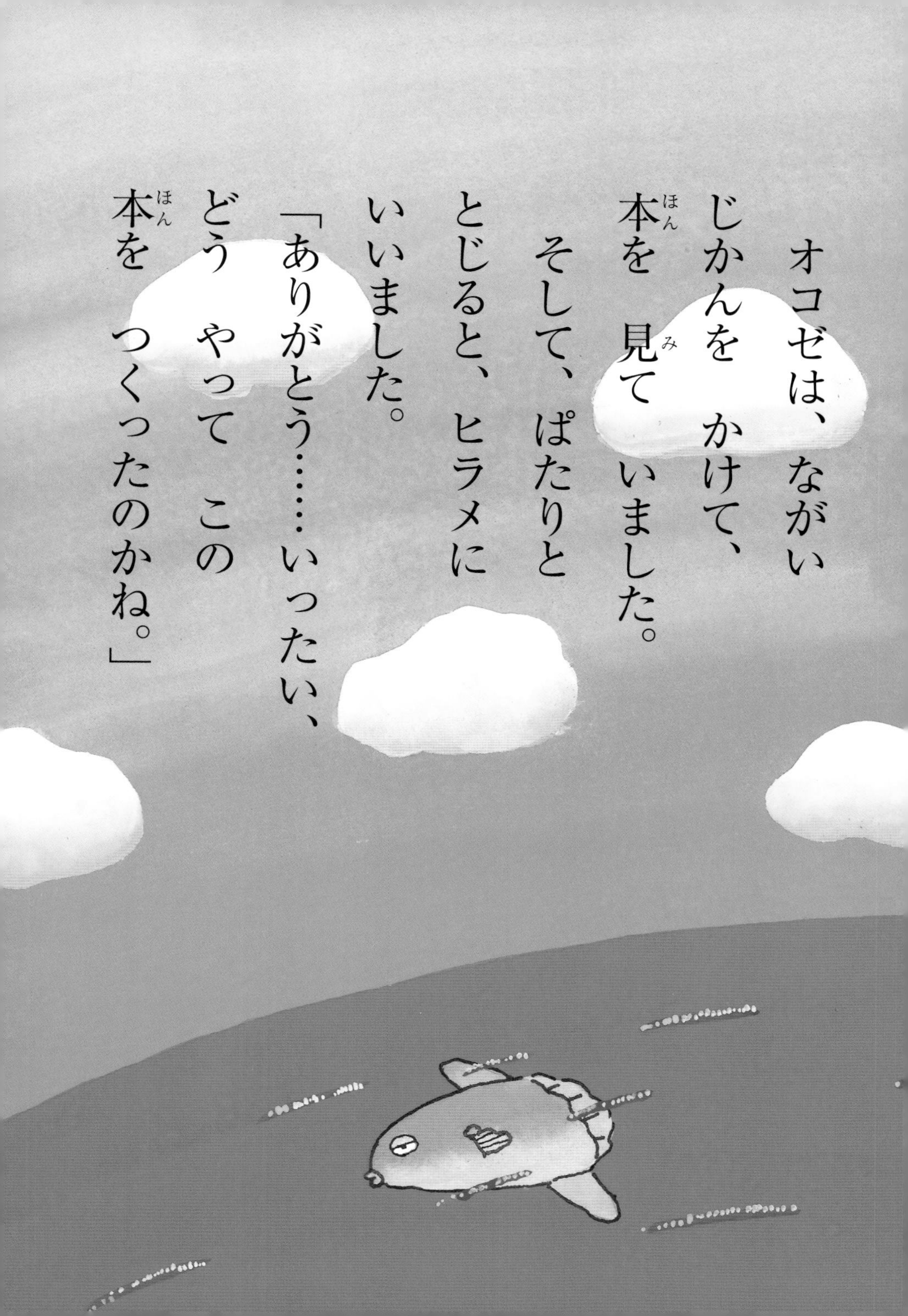

ヒラメは、いいました。

「空《そら》を　見《み》た　ことの　ある、トビウオさん、マンボウさん、ウミガメくんたちに　たのんで、かいて　もらったのを　まとめて、本《ほん》にしました。じょうずとは　いえないのもあるけど……。」

オコゼは、くびを　ふりました。

「いいや、どれも　すばらしい……ひろい　空《そら》、うつくしい　空《そら》を、わしも　見《み》て　いるような

気《き》に　なれた。
みんなの　おかげで
ゆめが
かなったんじゃのう。」
ヒラメと　オコゼは、
それから　だまって、
しばらく　いっしょに
空《そら》の　本《ほん》を
見《み》つづけました。

リュウグウノツカイが　ないた

ヒラメが　としょかんに　いると、ときどき
小《ちい》さな　おしゃべりが、きこえて　くる　ことが
あります。

ふだんは　気《き》に　ならないのですが、きょうは
とても　気《き》に　なる　ことが　ありました。

おなじ　ことばが、四《よん》かいも　きこえて

リュウグウノツカイ
ないた

きたからです。
「リュウグウノツカイが　ないた。」
いったのは、みんな
ちがう　さかなです。
ヒラメは　じっとして、
耳《みみ》を　すましました。
すると、そばに　いた
チンアナゴたちが、こう
はなしたのです。

リュウグウノツカイが
ないた

「リュウグウノツカイが　ないたって。」

「なんでかな。」

「なんでだろう。」

ヒラメは、たずねました。

「ねえ、リュウグウノツカイが　ないたって、
どういう　こと？」

チンアナゴたちは、かおを　見《み》あわせました。

「さあ。」

「わからない。」

「だれかが　そう　いったの？」

ヒラメが　きくと、

「たしか、カエルウオちゃん。」

「たぶん　そう。」

ヒラメは、カエルウオの

ところに　いって　ききました。

「リュウグウノツカイが

ないたって、どういう　こと？」

カエルウオは、くびを　かしげました。

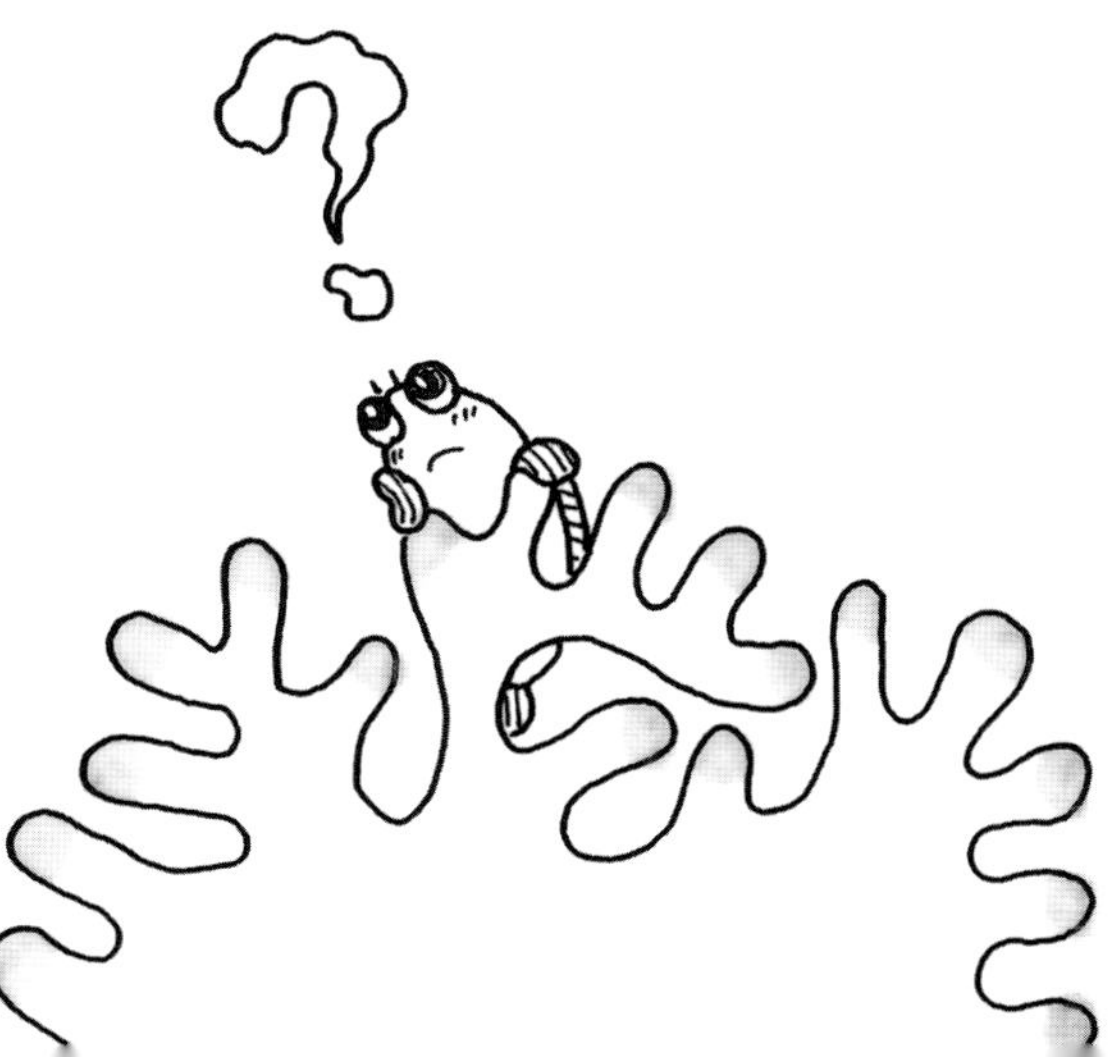

「わからないよ、アジさんから　きいただけ。」

「え、アジさんは　どこかな。」

さがしたけれど、アジは　見《み》つかりません。

その　とき　また、

「リュウグウノツカイが　ないたって。」

と　いう　こえが　きこえたのです。

こんどは、カニたちでした。

「カニさんたち、それ、なんの　こと？」

ヒラメが　たずねると、

・・・・・

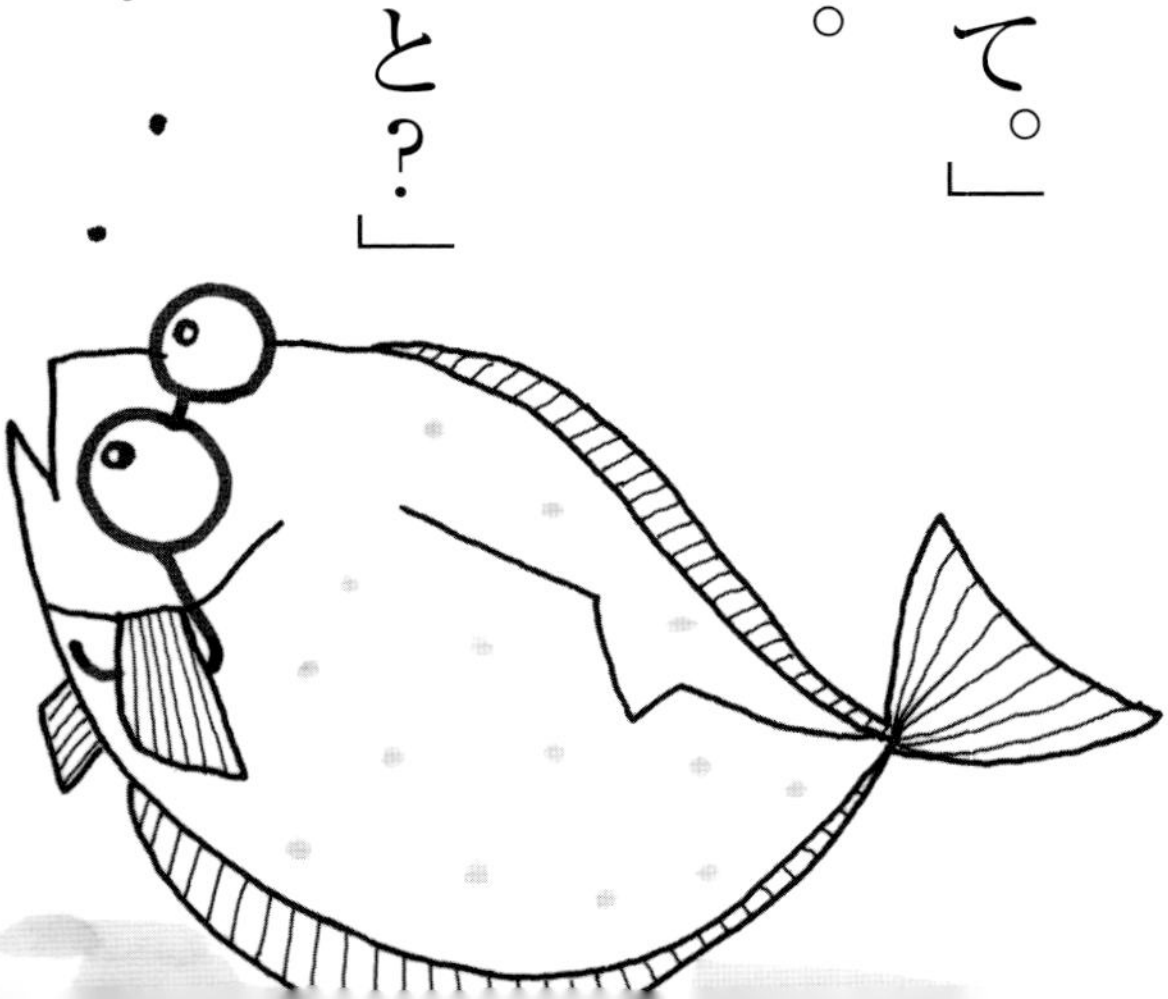

「わからない。」
「でも、だれかが　そう　いったの。」
と　こたえました。
「リュウグウノツカイって、
たしか、ふかい　ところに
すんで　いる、
大《おお》きな　さかなだよね。」
「あった　こと　ない。」
「ぼくも。」

「うーん、ふしぎだ。
なにか、じけんが　あったのかな。」
ヒラメが　つぶやいた　とたん、
かいそうの　かげから、
「じけんですと？」
と、タイが　出《で》て　きました。
タイは、『赤《あか》い　せびれ』と　いう　本《ほん》が
大《だい》すきで、しゅじんこうの　タイの　たんていに
あこがれて　います。じけんと　きくと、

あらわれるのです。

「タイさん、じつは、ふしぎな　ことが
あるんです。」

ヒラメは、みんなが　くちぐちに
「リュウグウノツカイが　ないた。」

と　いって　いる　ことを、はなしました。

タイは、目《め》を　かがやかせて　いいました。

「わかった。では、これから　ききこみだ。」

「ききこみ？　赤《あか》い　せびれの　まねですか？」

ヒラメが　いうと、タイは、

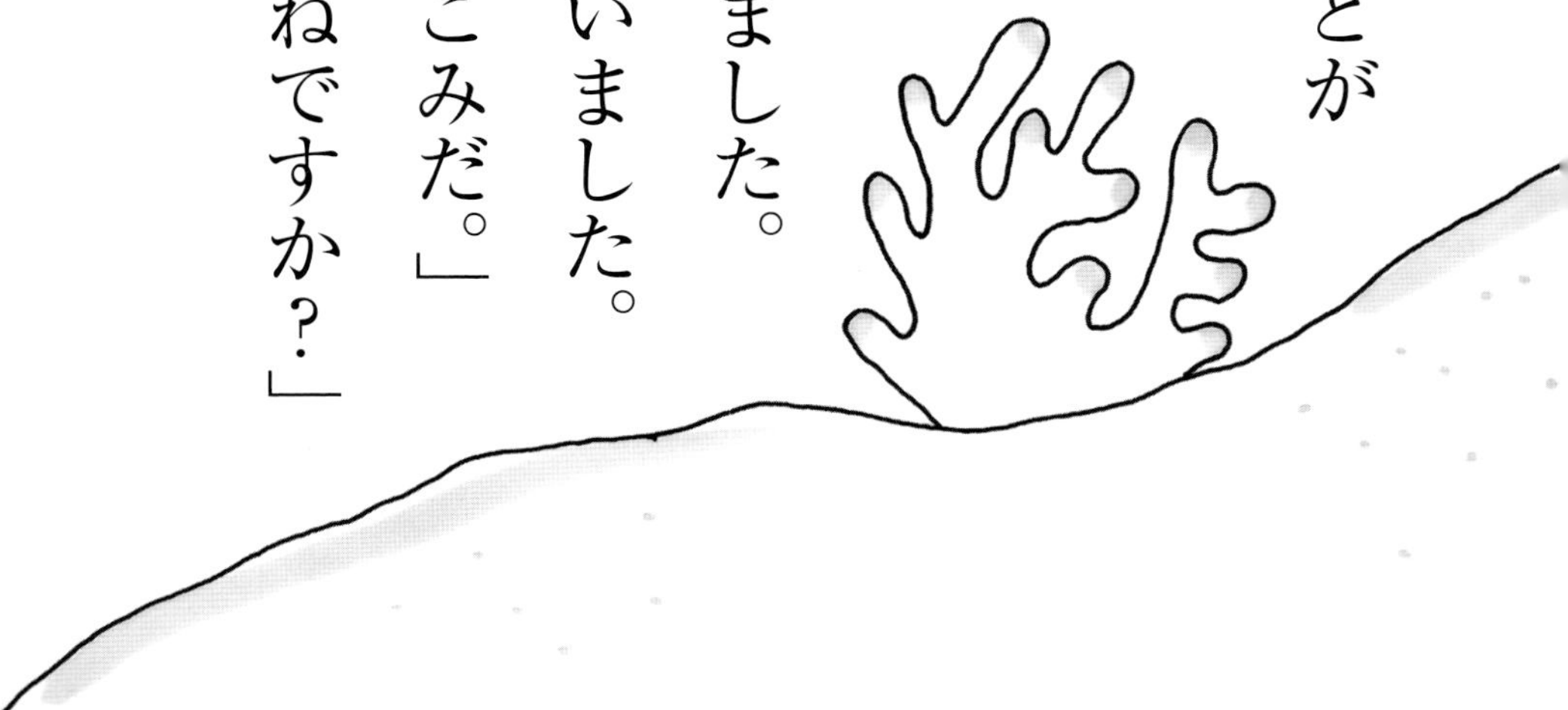

「まねとは、しつれいな。しばし、またれよ。」
と　いって、ぐんぐん　およいで　いって
しまいました。

つぎの　日《ひ》、ヒラメが　目《め》を　さますと、
目《め》の　まえに　タイの　かおが　ありました。
「うわあ。」
ヒラメは　びっくりして、すなを
まきあげました。
「おいおい、すなを
かけないで　くれ。」
「ああ、ごめんなさい。
タイさん、なにか、

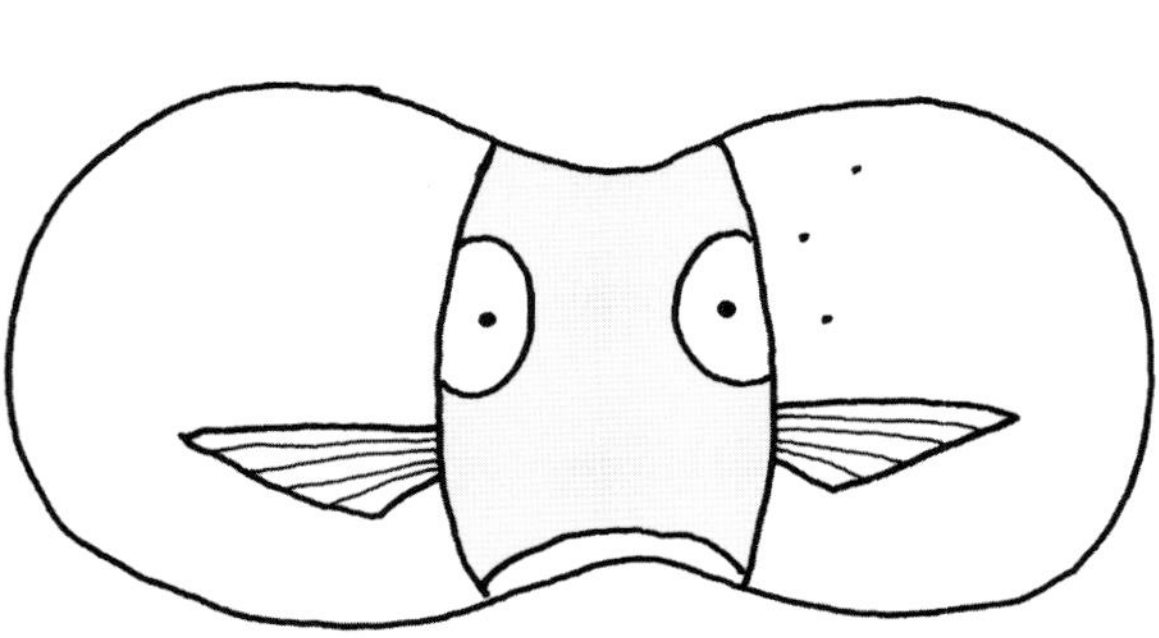

わかったんですか?」
タイは、むなびれを
ばっと　ひろげました。
「じけんは、
かいけつした。」
「え、ほんと?」
「つまり、
こういう　ことだ。」
タイが、かたりはじめました。

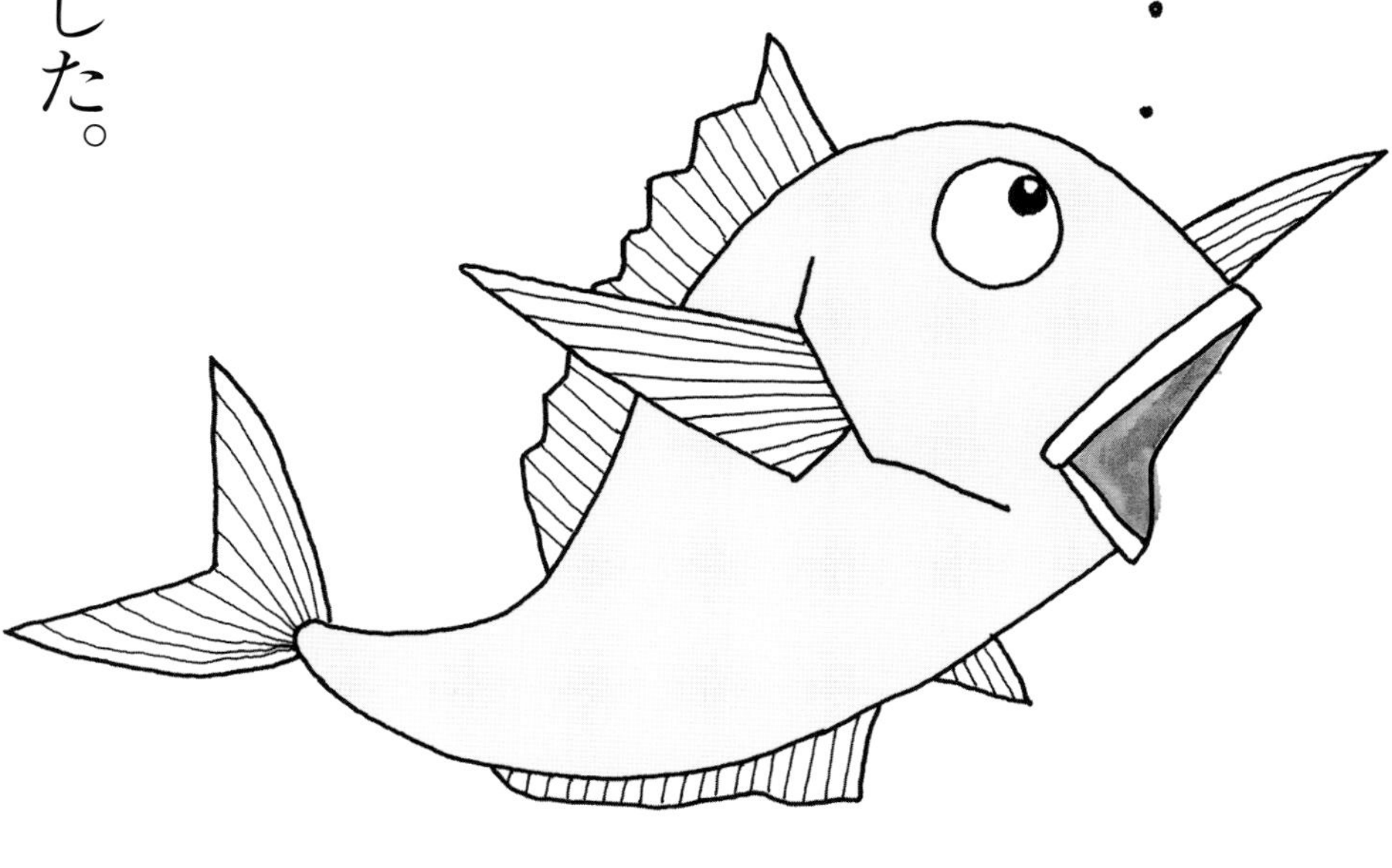

ふかい　ふかい　ところを　およいで　いた
リユウグウノツカイが、こつん、と　なにかに
ぶつかったそうだ。それは、一《いっ》さつの　本《ほん》だった。
リユウグウノツカイは、ひかる　さかなの
そばで　本《ほん》を　よみ、かんどうして　しまった。
そして、そばに　やって　きた　メンダコに、
「『さよなら　タラの　おじいちゃん』と　いう
本《ほん》を　よんだら、なみだが　とまらなかったと、
だれかに　つたえて。いつか　もちぬしに、

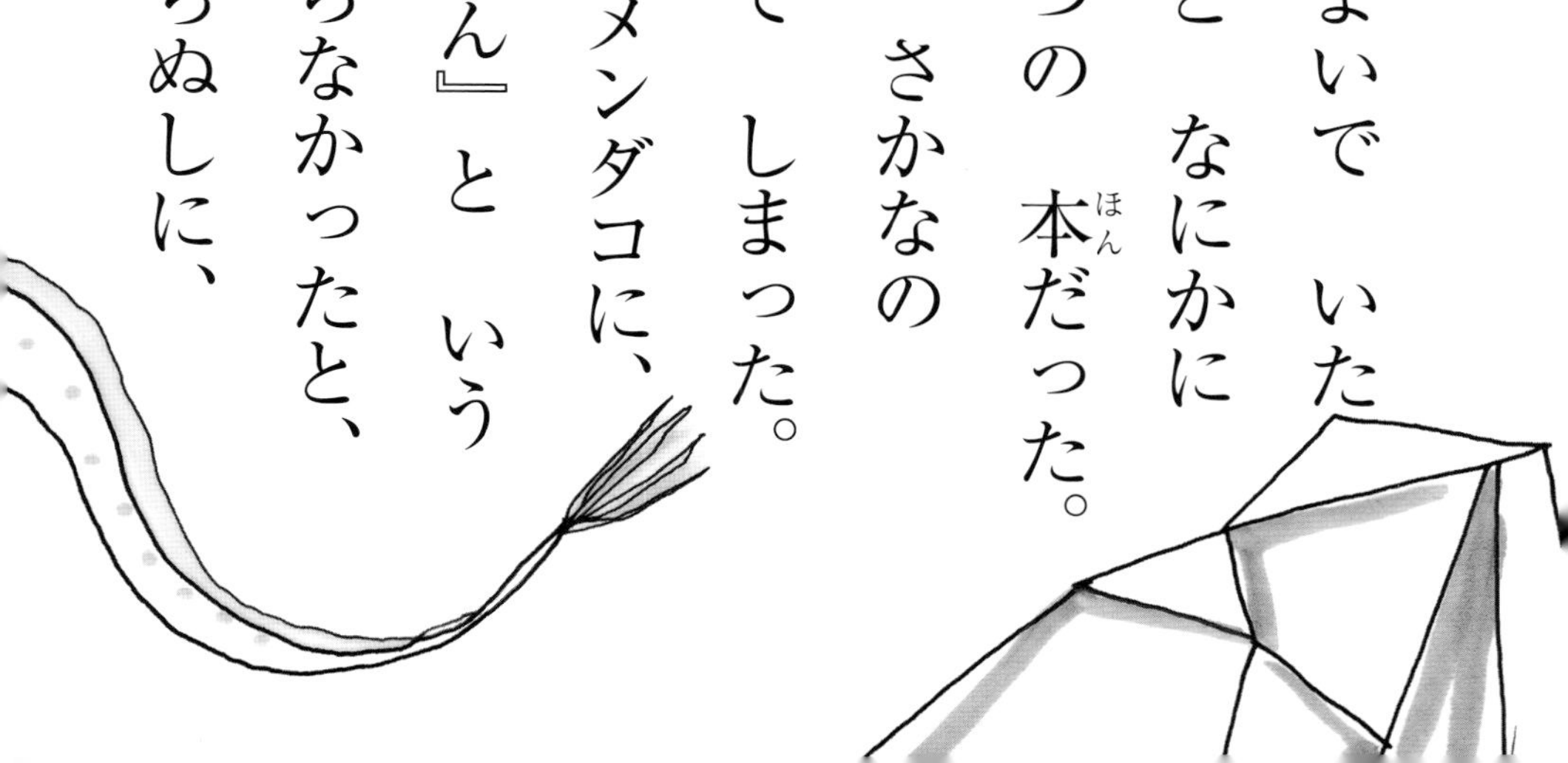

とどくかも　しれないから。」
と、いったそうだ。

ヒラメは、
「その　本《ほん》、あらしの　ときに　なくなった
本《ほん》だ！」
と　いいました。
「そうか、うみの　ふかい　ところに、
たどりついたんだな。」
タイは、はなしを　つづけました。
しだいに、ほかの　さかなたちも　そばに
あつまって　きました。

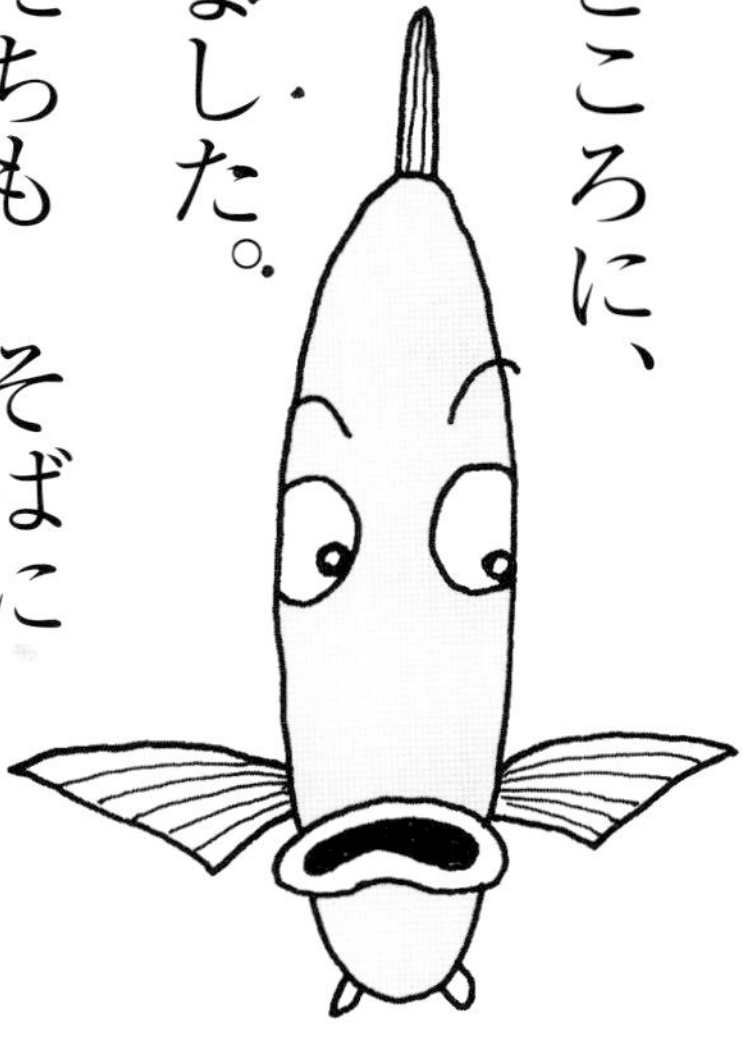

メンダコは、とても　おしゃべりな　もので、
であう　さかな　みんなに、その　ことを
しゃべりまくったんだ。

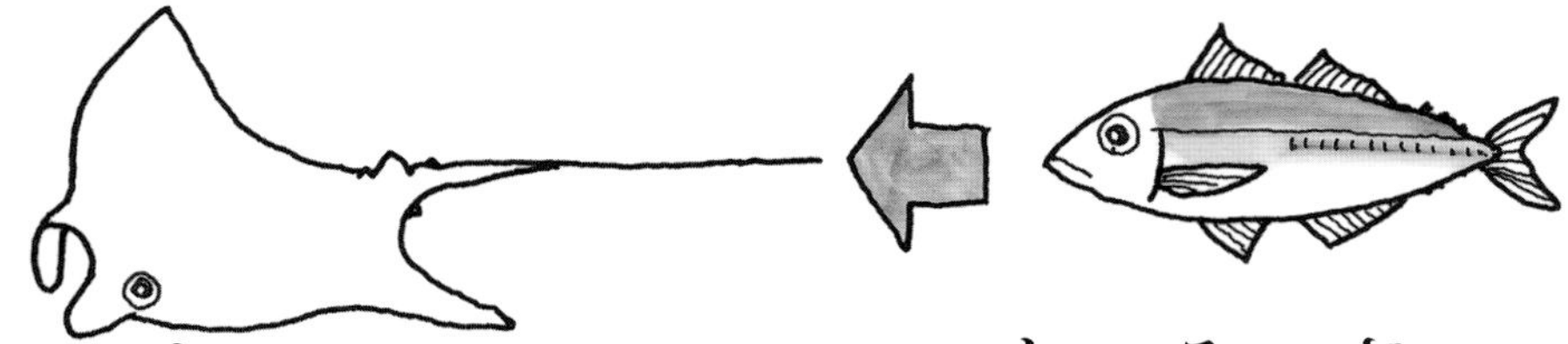

それが　だんだんと、あさい　ほうに　いる
さかなにも　つたわって　いく　うち、はなしが
みじかく　なり、「リュウグウノツカイが
ないた。」だけに　なったと　いう　わけだ。
「タイさん、よく　つきとめましたね。」
ヒラメは　かんしんしました。
「うむ、アジを　見《み》つけて、エイ、クラゲ、
カワハギ、カツオ……と、たどって

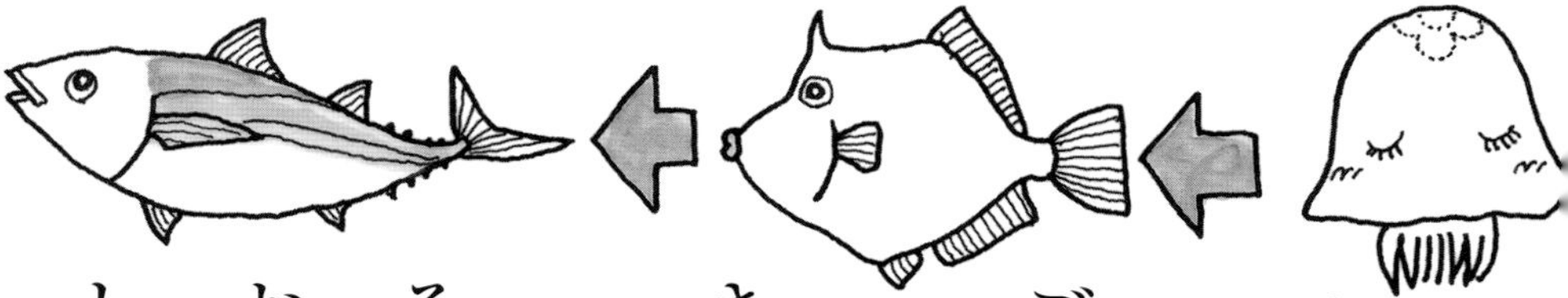

いく　うち、はなしが　見《み》えて　きたんだ。」
「すごい、めいたんていだ。まねなんて　いって
ごめんなさい。」
「なあに、ききこみは、じけん　そうさの
きほんだからな。」
　タイは　ちょっと　てれくさそうに
そう　いうと、ひらりと
およいで　いって
しまいました。

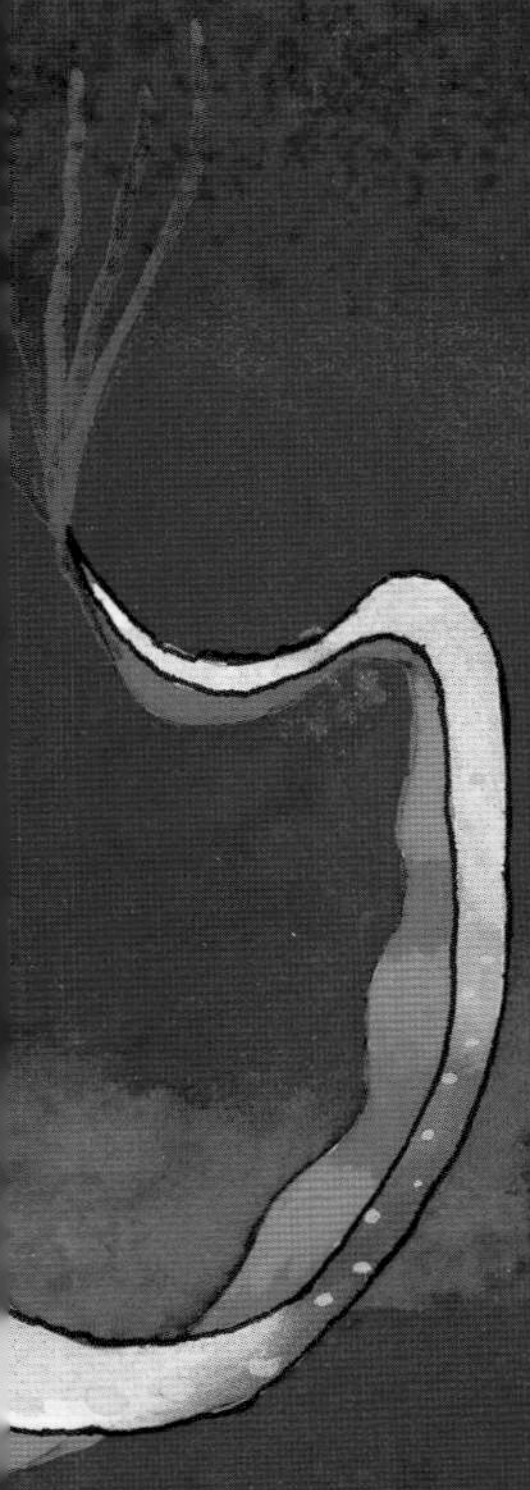

ヒラメは　その　よる、ふかい　ふかい
うみの　そこで　ゆったりと　本《ほん》を　よんで
いる、リュウグウノツカイの　ゆめを
見《み》ました。それは　とても　ゆうがで、
うつくしい　すがたでした。
「あえて　うれしいです、むにゃ。」
と、ねごとを　いいました。

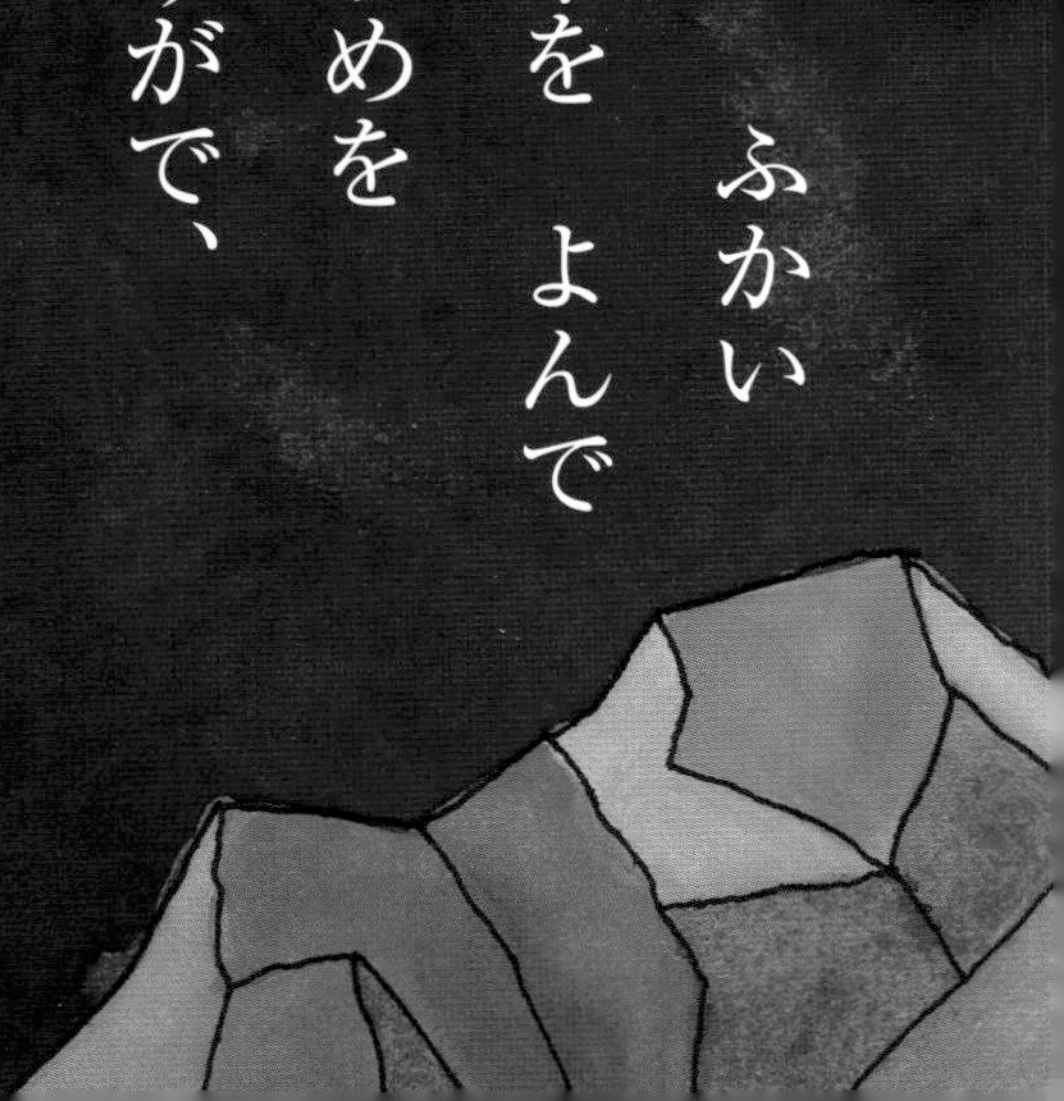

さよなら
タラの
ちゃん

作者・葦原かも

〔あしはらかも〕

第五十四回講談社児童文学新人賞佳作を受賞した、『まよなかのぎゅうぎゅうネコ』でデビュー。およいでいる、リュウグウノツカイにあいたいです。かんどうして、ないてしまうかも。

画家・森田みちよ

〔もりたみちよ〕

絵本に「ぶたぬきくん」シリーズ、児童書のさし絵に「なんでもコアラ」シリーズ、『おばけとしょかん』がある。ふかい海の底には、知らないさかながたくさんいるのでしょうか。

シリーズ装丁・田《た》名《な》網《あみ》敬《けい》一《いち》

どうわがいっぱい136

うみのとしょかん
あらしが　やってきた

2020年9月8日　第1刷発行
2022年9月1日　第2刷発行

作者　葦原《あしはら》かも
画家　森田《もりた》みちよ

発行者　鈴木章一
発行所　株式会社 講談社
〒112-8001 東京都文京区音羽2-12-21
電話　編集　03(5395) 3535
販売　03(5395) 3625
業務　03(5395) 3615

N.D.C.913　78p　22cm
印刷所　株式会社 精興社
製本所　島田製本株式会社
本文データ作成　脇田明日香

KODANSHA

ISBN978-4-06-520635-5

50のペンギンたちが、世界中《せかいじゅう》で
いろんな動物《どうぶつ》に出会《であ》って、大《おお》さわぎ！

ペンギンシリーズ

斉藤洋・作　高畠純・絵

＊ペンギンたんけんたい
＊ペンギンしょうぼうたい
＊ペンギンおうえんだん
＊ペンギンサーカスだん
＊ペンギンパトロールたい
＊ペンギンがっしょうだん
＊ペンギンとざんたい　……などなど

〈どうわがいっぱい〉の人気シリーズ

こわーいおばけは、こんなにいっぱい。
でも、このお話《はなし》を読《よ》めば、だいじょうぶ！

おばけずかんシリーズ

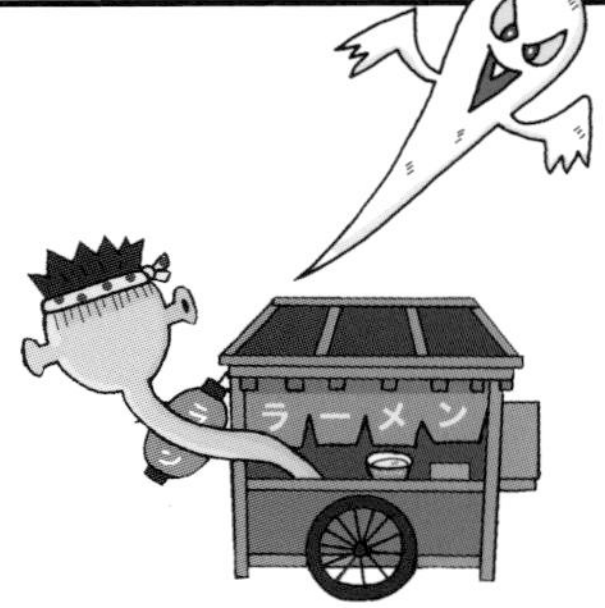

斉藤洋・作　宮本えつよし・絵

＊うみのおばけずかん
＊やまのおばけずかん
＊まちのおばけずかん
＊がっこうのおばけずかん
＊いえのおばけずかん
＊のりものおばけずかん
＊オリンピックのおばけずかん　……などなど

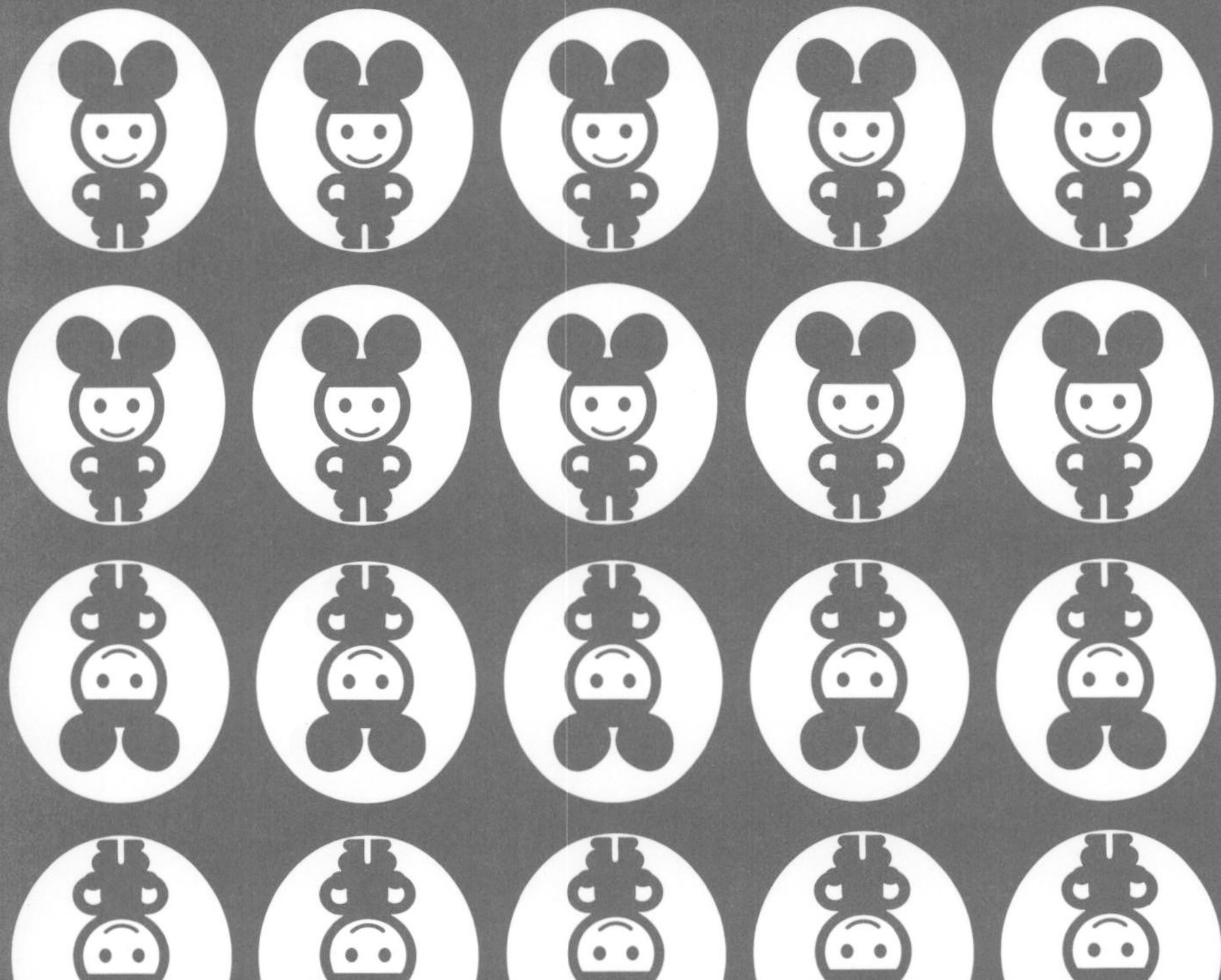